KB109907

안암동
펀드
매니저

안암동 펀드 매니저

발행일   2016년 1월 29일

지은이   김 경 진
펴낸이   손 형 국
펴낸곳   (주)북랩
편집인   선일영   편집 김향인, 서대종, 권유선, 김성신
디자인   이현수, 신혜림, 윤미리내, 임혜수   제작 박기성, 황동현, 구성우
마케팅   김회란, 박진관, 김아름
출판등록 2004. 12. 1(제2012-000051호)
주소   서울시 금천구 가산디지털 1로 168, 우림라이온스밸리 B동 B113, 114호
홈페이지 www.book.co.kr
전화번호 (02)2026-5777   팩스   (02)2026-5747

ISBN   979-11-5585-914-8 03810 (종이책)   979-11-5585-915-5 05810 (전자책)

이 도서의 국립중앙도서관 출판예정도서목록(CIP)은 서지정보유통지원시스템 홈페이지(http://seoji.nl.go.kr)와
국가자료공동목록시스템(http://www.nl.go.kr/kolisnet)에서 이용하실 수 있습니다.
(CIP제어번호 : CIP2016002362)

성공한 사람들은 예외없이 기개가 남다르다고 합니다.
어려움에도 꺾이지 않았던 당신의 의기를 책에 담아보지 않으시렵니까?
책으로 펴내고 싶은 원고를 메일(book@book.co.kr)로 보내주세요.
성공출판의 파트너 북랩이 함께하겠습니다.

투 자 의 귀 재 들 과 함 께 한 일 주 일

안암동 펀드매니저

김경진 소설

북랩 book Lab

　작년 여름쯤이었던 것 같다. 광화문의 한 대형 서점에서 읽을 만한 도서를 하나 구입하기 위해 천천히 돌아보고 있는데 때마침 그런 내 옆을 한 대학생 커플이 스쳐 지나가고 있었다. 그리고 자연스레 그들의 대화가 들려왔다.

　"나, 저 책 다 읽었어."

　남학생의 목소리였다. 그 소리에 이끌려 나도 모르게 그가 가리키는 곳으로 눈이 가게 되었는데 거기에는 꽤 유명한 경제 관련 서적이 놓여 있었다. 이내, 여학생의 목소리도 뒤따라 들렸다.

　"어머, 어머, 너 정말 대단하다. 저런 책을 어떻게 다 읽었어?"

　두툼해 보이는 경제 서적을 끝까지 읽어보았다는 남자친구의 얘기가 꽤 놀랍게 느껴지는 눈치였다. 이들의 모습을 보고 있던 나의 머릿속에는 한 가지 깨달음이 번쩍하고 떠올랐다.

'아하! 그가 가리킨 저 책은 정말 재미있는 책인데도 그것이 전문서적으로서 어렵게 출간되다 보니까 그 분야에 익숙지 못한 사람들은 읽어보지도 않은 채 외면하고 있구나!'

처음에는 이런 생각을 한번 해보고는 그냥 지나쳤을 뿐인데 최근에 이러한 독자들을 위해서 이 분야를 소설 속 이야기로서 쉽고 재미있게 적어보자는 결심을 하게 되었다.

바쁘다는 평계로 차일피일 미뤄오던 작업을 드디어 실천에 옮긴 데는 나름의 이유가 있다. 그것은 미국의 금리 인상과 중국발 금융위기라고 하는 두 가지의 굵직한 이슈가 우리 앞에 가까이 다가와 있기 때문이다. 경제라는 것은 호황과 불황이 반복되면서 뜨거워지기도 했다가 차가워지기도 하는, 그런 식의 흐름이 적당한 크기로 번갈아 일어나는 것이 가장 좋다고 생각한다. 그러나 때로는 그 정도가 지나쳐 경제활동을 하는 사람들에게 막대한 영향을 미치기도 한다. 현재의 시점은 세계 경제가 불황으로 내리 닫을 것인지 아니면 적당한 시점에서 다시 반등을 모색할 수 있을 것인지에 대한 분기점에 놓여있다. 그래서 더 이상 나의 작업을 유보할 수 없었다. 경제에 대해 관심이 많거나 혹은 이 분야를 전공한 사람들이야 자기 나름의 관점에서 자신의 자산을 잘 관리하면 되겠지만 그렇지 않은 더 많은 수의 경제 비전공자들은 잘못된 판단으로 적지 않은 손실을 보게 될지도 모를 일 아니겠는가? 일례로 주식시장만 해도 지난 경제 위기 때마다 가장 큰 피해를 보는 쪽은 대부분 개미투자자였다는 사실은 누구도 부인할 수 없다.

경제라는 것은 사실 아무도 정확히 예측할 수는 없다. 그러나 과거에 있었던 사건들을 꼼꼼히 살펴보고 분석한다면 현재 상황을 더 깊이 이해할 수 있고 그 이해를 바탕으로 미래를 위한 정확한 결정을 내리는 것이 불가능한 것도 아니다. 그래서 경제를 전공한 사람들은 물론, 그렇지 않은 사람들까지 포함하여 나의 이 글을 통해 즐겁게 현실 경제에 대한 감각을 키우고 투자의 지혜를 얻을 수 있으리라 확신한다.

물론, 한 권의 책으로 모든 것이 완벽하게 갈무리 되는 것은 아닐 것이다. 사실, 경제 그리고 투자라고 하는 이슈는 평생 공부해야 할 숙제임이 틀림없다. 그러나 또한 그것은 광활한 우주 어딘가 경제 안드로메다 별에서 사는 어떤 존재들만이 이해하는 그런 식의 그들만의 리그가 절대로 아니다. 누구나 재미있게 접근할 수 있고 자연스레 체득할 수 있는 주제이다. 이 책이 그런 역할을 하는 데 다소나마 도움이 되기를 진심으로 바란다. 그래야 경제 및 투자 이슈를 전공서적이 아닌 소설로 이야기를 구성한 필자의 노력이 헛된 일이 아니리라!

이 책이 나오기까지 많은 분의 도움이 있었다. 그들을 모두 언급할 수는 없으나 몇몇 생각나는 분들께 감사를 표하고자 한다. 우선, 세상의 빛을 볼 수 있게 나라는 존재를 만들어 주신 부모님께 깊은 감사를 드린다. 특히, 이 책이 나오기까지 지속해서 피드백을 해주신 어머니께는 한 번 더 감사를 표한다.

어떤 스타일로 글을 써야 읽는 사람들이 편하고 즐겁게 읽을 수 있는지 그 조언을 아낌없이 해주셨던 오정세 선생님과 이영자 선생님께도 감사를 드린다. 글을 쓰는 것에 대한 나의 그릇이 작다 보니 그분들의 가르침을 오롯이 담아내지 못하는 부분이 지금도 너무 아쉽기만 하다.

한 사람이 인생을 살아갈 때, 독서가 얼마나 중요한지 그 본질적 깨우침을 몸소 보여주신 민재기 교수님께도 감사의 말씀을 전하고 싶다. 대한민국 독서왕의 타이틀을 가지고 있으신 그분의 모습을 직접 보면서 나도 그런 타이틀을 가져보고 싶다는 욕심으로 대학생 때부터 독서습관을 가지게 된 것이 이 책이 나오는 밑거름이 되었다는 것은 두말할 나위 없는 사실임이 틀림없다.

대한민국 여성 경영자가 얼마나 뛰어난 능력을 갖추고 있는지 세계인을 상대로 그 능력을 유감없이 보여 주고 있으신 존경하는 김 선배님께도 감사의 말씀을 전해드리고 싶다. 우연히도 필자의 사촌누이와 이름이 똑같은데 그래서인지 괜히 심적으로 더 편안하게 느껴지는 그런 분이다.

이 책이 나오기까지 많은 수고를 아낌없이 해주신 북랩출판사의 관계자분들께도 감사의 말씀을 드린다. 북랩은 가족 같은 따뜻함이 전해지는 대한민국 최고의 출판사임에 틀림없다고 감히 말씀드리고 싶다.

어느새 작업이 마무리되니까 홀가분하면서도 아쉬움이 남는다. 그러나 약간의 아쉬움이야말로 진정한 화룡점정이라고 생각하고자 한다.

이 책을 읽는 모든 이들에게 즐거운 일들, 행복한 일들 가득하기를 진심으로 바란다. 그리고 이 모든 일을 주관하시는 하나님께 감사의 기도를 올린다.

2016년 1월 10일
사무실에서

차 례

월
요
일

1
만남

　　　버스 차창 밖에는 어느새 비가 내리고 있었다. 편입하고 새로운 학교에서 새 학기를 맞이한 준서는 아직은 학교에 충분히 적응하지 못해 외로움을 느끼곤 했다.

　'비도 오고, 친구도 없고, 수업이나 얼른 듣고 어디 가서 영화나 한 편 때려야겠다.'

　평소 영화광이었던 준서는 이런 생각을 하면서 버스에서 내린 뒤 학교 정문으로 발걸음을 향했다. 횡단보도를 건너 정문으로 들어서는 순간 뒤에서 누군가 자신을 부르는 소리가 들려왔다.

　"야, 민준서!"

　편입생이던 준서는 동명이인이겠거니 하고 돌아보지도 않은 채 수업이 예정된 정경관 건물을 향해 걸음을 재촉했다.

　"야, 민준서! 야!"

뒤에서 준서를 불러대는 소리는 한층 더 커졌고 준서는 발걸음을 멈춰 뒤를 힐끔 바라보았다.

"누구시길래…"

"야! 기억 안 나? 윤지. 중학교 때 같은 반."

긴 생머리에 커다란 눈망울, 촉촉한 듯 붉은 입술 그리고 큰 키에 가느다란 허리.

준서는 비로소 학창시절부터 하얀 피부가 유난히 돋보였던 동창의 모습이 눈에 들어왔다.

"아! 오윤지!"

"그래, 며칠 전 도서관에서 우연히 너 닮은 사람을 봤다고 생각하고 있었는데 방금 횡단보도에 서 있는 너를 가까이서 보고 확신했지. 헤헤… 근데 우리 같은 학교 다니고 있었던 거야, 그동안? 이제야 보네. 무슨 과니? 다른 동창들은 1, 2학년 때 우연히 지나가다 만나기도 했는데 말이야. 부모님은 잘 계시지?"

중학교 때부터 발랄했던 윤지는 준서를 보자마자 수다스레 이런저런 말들을 쏟아내고 있었다.

"하하! 윤지야. 반가운 건 알겠는데 천천히 하나씩 이야기하자."

"호호호…"

친구 하나 없던 준서는 학교에서 우연히 만난 중학교 동창이 더없이 반가웠다. 준서는 자신이 얼마 전 통계학과에 3학년으로 편입한 사실을 이야기했고 윤지는 그런 준서에게 덕담을 건네는 등

짧지만 즐거운 대화를 나누었다.

"그럼, 준서야. 이따 수업 마치고 5시까지 경영본관 앞으로 와. 오랜만에 봤는데 얘기도 좀 더 하고."

이렇게 약속을 정한 둘은 학생의 본분을 다하기 위하여 각자의 강의실로 향했다. 통계학과인 준서는 정경관으로, 경영학과인 윤지는 경영본관으로. 서로 가야 할 곳을 향해 열심히 걸어가기 시작했다.

수업을 마친 후 다시 만난 둘은 경영본관 뒤에 있는 경영대 학우강당 건물, 그곳 1층에 자리 잡은 커피숍에서 함께 앉아 커피를 마시며 못다 한 이야기를 이어갔다.

"그러니까, 얼마 전에 통계학과로 편입했다는 거지?"

"그렇지."

"그래서 지금 친구도 없고, 할 것도 없고, 동아리도 없고… 심심하다는 거네."

"하하하… 그렇지."

"그리고 평범한 네 얼굴에, 소심한 너의 성격으로 봤을 때, 여친도 없을 테고."

"그건 아니지. 비록 모태솔로이긴 해도 그건 어디까지나 편입 공부하느라…"

"흐흐, 그건 이유가 안 될 것 같네요. 아무튼, 그건 그렇고 그러면 너 내가 만든 소모임에 들어와라."

"소모임? 동아리 같은 거야?"

"뭐, 그렇지. 그런데 학교에 등록된 정식 동아리는 아니고 그냥 금융권 취업을 희망하던 친구들끼리 스터디를 하다가 뜻을 모아 만든 소모임인데 서로 일정 부분 자금을 모은 뒤 그걸로 같이 주식투자를 해보는 거야. 어떤 종목을 사고팔지 어떻게 위험을 분산할지에 대해 함께 분석하고 토론한 뒤 의사결정을 내려서 투자를 하는 거지. 즉, 우리가 우리끼리 자산운용사처럼 펀드운용을 해보는 거야."

"그거 괜찮은데? 생각 좀 해보고…."

"생각하고 말고 할 게 뭐 있어? 친구도 없다며. 학교에 적응해야지. 같이 밥 먹을 사람 한두 명 정도는 있어야 하는 거 아니겠니? 동창님께서 길을 열어 주셨으면 '아이구, 감사합니다. 우리 동창님.' 하면서 날름 주는 꿀떡 맛있게 받아먹어야 하는 게 지금의 네 처지잖아? 헤헤."

윤지의 발랄한 농담에는 예나 지금이나 무언가 가슴을 파고드는 언중유골의 느낌이 있었다.

"그 모임 이름은?"

"L&N. Leverage investment and Natural cultivation."

"Leverage investment는 알겠는데 뒤에 Natural cultivation은 뭐야? 농사도 짓니?"

"크크, 그게 아니라 뭐, 농부 아저씨와 같은 성실한 마음을 잊지 말자는 뜻에서 모임 이름으로 박아 넣은 거지. 앞부분은 우리의 투자기법을, 이름의 뒷부분은 우리의 정신을 상징한다고 보면 돼. 아무튼, 이번 주 토요일 경영본관 3층 강덕창 교수님 연구실로 오면 돼. 그 교수님 외동딸이 나랑 같은 과 절친이고 그리고 강 교수님은 때마침 안식년이라 외국에 있으셔서 우리 모임 장소로 쓰고 있어. 딱딱 들어 맞는 게 꼭 소설 같다, 얘. 호호호…."

커피숍 창문 밖에는 어느새 비가 멎고 조금씩 날이 개는 듯했다. 준서는 자신의 카페라테를 입에 가져가 따뜻한 커피 온도를 느껴보았다.

2
반복창

준서는 윤지와 헤어진 뒤 도서관으로 향했다. 처음에는 영화나 보면서 시간이나 때우려 했지만, 윤지와의 대화 후, 금융투자에 대해서 뭔가 생각을 정리해 봐야 한다는 마음속 외침 같은 것이 느껴졌기 때문이다.

학생증을 찍고 들어간 중앙도서관의 책꽂이에는 무수히 많은 책이 진열되어 있었다. 준서는 적당히 눈에 띄는 책 대여섯 권 정도를 가져와 열람실 귀퉁이에 있는 라운드 테이블 옆 의자에 앉았다. 책의 내용은 대략 비슷비슷한 것 같았다.

준서는 한 권씩 천천히 살펴보았다. 그러다 네 번째 책부터는 책장을 대략 넘기며 속독을 하기 시작했는데 그러던 중 마지막에 집어 든 책 중간 페이지쯤에서 뭔가 눈에 띄는 이름을 발견했다.

"반복창, 조선 최고의 미두꾼?"

나직이 속삭이며 그 내용을 읽어 나갔다.

책의 내용은 이러했다.

일제 강점기 시절 우리나라(조선) 인천지역에 쌀과 콩의 가격 시세를 결정하는 미두 시장이 있었다. 미두 거래라는 것은 정해진 기간에 쌀을 살 권리 아니면 팔 권리를 사고파는 것을 말한다. 즉, 오늘날의 선물시장과 매우 비슷하다.

이 미두 시장에서 큰손 투자자였던 일본인 아라키의 집에 조선인 반복창이 하인으로 있었다. 그의 나이 12살 때부터 아라키의 집에서 하인 생활을 하며 그 주인의 미두 거래를 곁에서 지켜보았다.

쌀의 시세라는 것이 당연히 날씨와 농사의 풍흉에 큰 영향을 받을 것이다. 그러나 인천 미두 시장에서는 그런 요소뿐 아니라 일본 오사카 도지마 시장에서의 시세 역시 큰 영향을 미쳤다. 조선 최대의 쌀 소비지가 일본이었기 때문이다. 마치, 최근의 대한민국 종합주가지수가 미국이나 중국의 주식시장에 민감하게 반응하는 것과 같다.

그러다 보니 중매점(지금의 증권회사)에서는 오사카 시장의 쌀 가격을 먼저 알아내는 것이 매우 중요한 일이 되었고 반복창의 주인 역시 오사카에 직원을 상주시킨 뒤 가격이 결정되는 대로 조선으로 전보를 치게 하여 그 정보를 획득했다.

반복창은 우체국에서 대기하고 있다가 일본에서 오는 전보를 받은 뒤, 미친 듯이 사무실로 달려가 전달하는 일을 반복했다. 이를 유심히 관찰했던 한 조선인 미두꾼은 어린 반복창에게 큰 돈을 줄 테니 그 전보를 살짝 보여주기만 하면 된다고 꾀어 큰 이익을 취할 수 있었고, 반복창 역시 적지 않은 돈이 주는 달콤한 맛을 조금씩 알아가고 있었다.

성인이 된 반복창은 미두 중개점에서 요비코(미두 거래소에서 경락 시세가 결정되면 즉시 고객에게 외쳐서 알리는 사람)가 되었고 2년 후에는 바다지(미두 시장에 나가 직접 경락에 참여하는 시장 입회인)가 되었다.

비슷한 시기에 1차 세계대전이 끝이 나고 일본은 전후 복구 사업으로 큰 호황이 찾아온다. 일본인의 소득이 늘어나면서 쌀에 대한 수요는 점차 증가한 반면 때때로 가을 흉년으로 공급이 줄기도 했으니 쌀값은 큰 상승폭을 기록하곤 했다.

어릴 적부터 미두 시장의 흐름을 어깨너머 공부했던 반복창은 시장의 이런 흐름에 편승하여 1920년에 80만 원(현재 가치로 약 천억 원)이라는 어마어마한 투자수익을 순식간에 올릴 수 있었다. 그는 사람들에게 미두의 신으로 추앙받았고 젊고 패기 넘치는 반복창은 그의 화려한 신화가 영원히 계속될 것이라 믿었다.

1929년 봄에 치러진 그의 결혼식은 초호화판으로서 당대 최고급 호텔인 서울 조선호텔에서 식을 올렸고 인천에서 상경하는 하객들을 위하여 2등 객차 여러 칸을 왕복으로 전세를 냈다. 성대한 피로연까지 합하면 결혼식 당일 비용만 3만원(지금의 약 30억 원)을 냈다.

하지만 조선인의 성공이 당시 일본 미두꾼들의 눈에는 여간 불편한 일이 아니었다. 반복창이 미두 시장에 왔다는 소식만으로도 미두값이 오르락내리락 등락을 보였고 심지어는 그의 매매행위로 인하여 오히려 오사카의 미두 시장 가격이 영향을 받는 역전 현상까지 나타나기도 했으니 일본 미두꾼들이 오죽이나 배가 아팠으랴.

이에 일본인들은 조선의 미두신을 몰락시키기 위해 담합을 시도했고 반복창의 결정과 반대로 투기하기 시작했다. 즉 반복창이 대량매수를 할 때, 담합한 일본인들은 그보다 더 큰 양을 대량으로 매도하여 그에게 손해를 끼치게 한 것이다.

어느덧, 양쪽 모두 치킨게임이 되어 반복창 역시 밀리지 않기 위해 전 재산을 털어 추가 매수에 나섰으나 결국 이기지 못했고 쌀 시세는 그렇게 급락을 거듭했다. 조선의 미두신이 빈털터리가 되는 순간이었다.

몰락한 반복창은 푼돈을 걸고 쌀값의 등락을 알아맞히는 합백(도박의 일종)에도 손을 댔다가 완전히 몰락하여 실성한 사람처럼 미두 시장 주변을 맴돌다 그의 나이 40세 1938년 10월에 허무한 삶을 마감한다. 공교롭게도 그가 죽은 후 20일 뒤에 조선의 미두 시장도 문을 닫는다.

대략 이런 내용이 책에 적혀 있었다.

'흠, 그러니까 미두 시장이라는 것이 지금의 선물 시장의 전신쯤 되는 것이고 한때 잘나갔던 조선인 반복창은 결국 허무하게 몰락을 했다는 이야기군.'

준서는 좀 씁쓸함을 느꼈다. 요즘 금융권에 진출한다는 것만으로도 친구들 사이에 으쓱한 우월감을 느끼게 할 정도로 그 세계를 동경하는 젊은이들이 많은 것이 사실이다.

애널리스트, 펀드 매니저, 금융 컨설턴트 등 이름도 얼마나 멋진가? 그러나 이런 머니 게임은 눈에 보이지 않는 위험성이 내포되어 있다는 것을 금융맨들은 언제나 직시하고 있어야 하는 것이 이 세계의 현실인 것이다.

'결국, 지금의 선물 시장도 세계 경제가 이대로 불황으로 내리 닫을 것이냐, 아니면 어느 정도 조정기를 거쳐 호황으로 치솟을 것이냐 하는 두 세력 간의 싸움이 그 본질이겠군.'

준서의 머릿속에는 여러 가지 생각들이 스쳐 갔다.

'아뿔, 이럴 줄 알았으면 경제학 공부나 열심히 해둘 걸 그랬나?'

반복창의 이야기를 알게 된 준서는 다소 복잡한 심경으로 도서관을 빠져나왔다.

화
요
일

3

워털루 전투와
네이선 로스차일드

투자 소모임 L&N에 들어가기로 한 토요일이 하루하루 다가오고 있었다. 준서는 이왕에 시작하는 도전이라면 무언가 더 큰 확신을 가지고 제대로 해보고 싶었다. 어딘가 정리되지 못한 어정쩡한 감정을 가지고 새로운 일을 시작하는 것은 준서의 마음에 들지 않았기 때문이다. 이때 준서의 머릿속에 한 사람이 떠올랐다.

'그래, 영준이 형을 만나보자. 흐흐흐 내가 왜 그 형을 까먹고 있었지?'

어릴적 교회 중고등부 예배를 드리며 알게 된 형이었다. 알고 지낸 지가 벌써 대략 10년쯤 된 듯하다. 준서는 그가 떠오르자마자 스마트폰을 꺼내어 카톡을 날렸다.

영준이 형, 뭐혀?

잘 지내슝?

이상하게 카톡만 하면 글자체가 이렇게 변한다.

어, 준서. 웬일이야?

영준이 형의 답톡은 실시간으로 왔다. 참 좋은 세상이다.

형, 나 뭐 물어볼 거 있는데
잠깐 만날 수 있을까 해서.

언제?

아무 때나, 형 편할 때.
나야 뭐 시간 많으니까.
고시 공부하는 형이 바쁘지.
물론, 형이 열심히 하고 있다고
생각하지는 않지만 ㅋㅋㅋㅋㅋ

사실, 영준은 요즘 표현으로 금수저를 물고 태어났다. 중소기업
의 사장님인 아버지의 사업체가 꽤 알짜배기 업체라서 돈 걱정은

별로 없었고, 게다가 어떤 행운인지 머리까지 좋아서 학창시절 IQ 테스트에서 IQ가 170이 넘어가는 수치가 나왔으니 준서로서는 부럽기 그지없는 형이었다.

별로 공부도 열심히 하지 않는 것처럼 보였던 이 형은 수능시험이 거의 만점에 가깝게 나오면서 서울대학교에 입학했다. 점수로는 법학과도 무난했으나 워낙 독특한 개성이 강했던 강영준이라는 사람은 자신이 고집을 피워 요즘 대부분 꺼린다는 철학과에 들어갔다.

그리고 학교를 좀 다니다 군대를 갔다 오더니 지금은 행정고시 공부를 하겠다며 신림동 고시촌에서 두문불출하고 있었는데 준서가 볼 때 이 형은 고시공부를 하고 있다기보다는 그런 명분으로 혼자만의 시간을 확보한 뒤 자신이 평소 읽고 싶었던 책들을 쌓아놓고 미친 듯이 읽고 있는 것으로 파악됐다. 아무튼, 독특한 천재임에는 틀림없는 듯하다.

ㅋㅋㅋㅋ
너 내 자취방에
CCTV 달았냐?
오늘 와~! 술이나 빨자.
족맥 어떠냐?

ㅋㅋㅋ 족맥!
하여간 형의 족발 사랑,
맥주 탐닉은 여전하시네요.
솔직히 형이랑 술 마실 때
다른 거 먹은 적도 없잖아.
수업 마치고 신림동으로
휘리릭~ 할게요.

오케~ 몇 시쯤 올껴?

오늘 일찍 끝나니까
지하철 타고 달리면
6시 전에는 충분히 도착하겠는뎅.

알았다.

준서는 통계학과 이재원 교수님의 '생명과학 데이터 분석'이라고 하는 학생들 사이에서도 수준 있는 명강의로 정평이 나 있는 수업을 대충대충 듣는 둥 마는 둥 하며 오히려 지금 연락을 나눈 영준이 형이 자기의 문제에 어떤 힌트를 줄 것인지에 대한 생각들로 머릿속이 가득 차 있었다.

수업이 끝나자마자 신림동으로 달려간 준서는 그곳에서 유명한 고시학원 정문 앞에서 영준이 형이 나오기를 기다리고 있었다.

"준서야!"

"아! 영준이 형."

영준이 웃는 얼굴로 그 학원 바로 옆 도서실 건물에서 나오고 있었다.

"형, 그런데 역시 유명학원이라 그런지 학생들이 많네. 기다리면서 보니까 학생들이 줄지어 건물 안으로 들어가던데."

"아, 학원도 학원이지만 오늘 왕종유 강사 특강 있거든."

"응? 그 사람이 누군데?"

"경제학 강사인데 지금 제일 잘나가. 입법고시와 행정고시 모두 합격한 뒤, 공직의 길이 아닌 강사의 길을 선택해서 지금 이곳에서 스타강사가 되었는데, 나이도 젊어서 솔직히 나 같은 경우엔 그냥 형이라고 부르는 게 더 자연스러운 그런 사람인데 벌써 재산이 어마어마해서 말이야, 소문에 따르면 국세청에서 세무조사도 했다는 얘기도 있어."

"뭐? 그 사람 탈세했어?"

"그게 아니고 크크…큰일 날 소리! 젊은 사람이 돈을 너무 잘 버니까 한 번 조사해본 거 뭐, 그런 거지. 탈세했으면 저렇게 멀쩡하게 다니겠냐? 그만큼 능력이 있다는 반증이지. 그리고 소문이 그렇다고. 아닐 수도 있어. 고시촌이라는 곳이 별 얘기들이 다 떠도는 곳이라…."

준서는 입이 벌어졌다. 이 세상에는 분야마다 뛰어난 능력자들이 정말 많은 것 같았다.

"아무튼, 남 얘기 그만하고 얼른 족발집에 가서 시원한 맥주나 한잔 하자. 그리고 네 얘기도 들어보고. 갑자기 왜 보자고 했는지."

가까운 가게에서 생맥주를 주거니 받거니 하면서 준서는 그간의 이야기를 했다.

"크크, 그러니까 네가 금융에 대해 생각을 좀 진지하게 하게 됐는데 뭔가 위험한 거 같다는 그런 말이네. 그리고 조선 투기꾼 반복창의 이야기가 너를 더욱 위축되게 만들었고."

"응, 그래서 말이야, 형은 천재잖아. 뭐, 남다른 생각이라도 있을 것 같아서."

"후훗, 나도 내가 천재인 건 인정해. 그래서 오히려 그 천재성을 더욱 날카롭게 갈고 닦기 위해 지금 고시촌에 틀어박혀 내가 진짜 원하는 나만의 공부를 하고 있지. 형이 고시 공부한다는 건 대외적 명분에 지나지 않는 건 넌 이미 눈치챘지?"

"대략, 짐작은…."

"준서야, 난 말이야, 여기서 어느덧 1년 정도 있는 동안 무수히 많은 책을 읽었지. 분야를 막론하고. 그러다 보니 걱정이라는 것은 정말 우물 안 개구리들이나 하는 거더라고. 무슨 일이든 제대로 알고 덤비면 겁날 게 없다는 거지.

단, 제대로 알기까지가 힘든 거야. 너는 이제 겨우 반복창 이야기 그거 하나 접해 본 거잖아. 그리고 막연히 그런 일은 위험하다고 쉽게 말하는 보통 사람들의 애기나 들어본 거고."

"맞아, 그래서 내가 천재로 인정하는 형의 이야기를 듣기 위해 여기 신림동 고시촌까지 왔잖아. 근데, 이 동네도 은근히 예쁜 애들 많다. 크크."

둘은 공감한다는 듯한 미소를 주고받으며 맥주를 한 모금씩 들이켰다. 그리고 영준이 말을 이어 나갔다.

"자, 그럼 말이지, 네가 기왕에 반복창 이야기를 내게 했으니까 나는 네게 스케일이 훨씬 더 큰 유럽의 거부 로스차일드 가문에 관해서 얘기해 줄게."

"로스차일드? 대충 이름은 들어본 거 같은데? 그러니까, 공식적인 최고 부자는 빌 게이츠이지만 가문의 재산을 다 합치면 빌 게이츠를 추월할지도 모른다는 금융 재벌 가문. 뭐, 이런 거 맞지?"

"그렇지. 지금 내가 네게 해주고자 하는 이야기는 바로 그 로스차일드 가문의 셋째아들 네이선 로스차일드에 대한 이야기야."

영준이 형의 이야기는 이러했다.

유대인이었던 로스차일드는 당시 유럽사회에 만연했던 반유대주의를 극복하면서 어느 정도 사업의 성공을 거두고 있었다.

그러던 중 그의 셋째 아들 네이선은 대륙을 벗어나 영국으로 건너가 사업을 시작한다. 이때 네이선의 나이는 스물한 살이었다.

네이선은 이곳에서 방직품을 취급하는 상점을 열고 유통, 판매, 관리, 장부정리까지 홀로 동분서주했다. 당시 유럽은 공산품이 부족하여 영국에서의 수입품은 대부분 좋은 값에 팔려 나갔다.

1~2년 정도 완제품 무역에만 종사했던 네이선은 '3단계 이익법'이라는 새로운 개념으로 사업을 진화시켰다. 즉, 가공하지 않은 천을 싼값에 대량 구매를 하고 그것을 제조업자에게 보내 염색 및 무늬를 넣고 마지막으로 이것들을 의류, 식탁보, 커튼 등으로 완성해 유럽에 수출한 것이다.

다시 말해, 공정과정의 처음부터 마지막까지 네이선이 장악함으로써 제품의 염색, 가공, 판매까지 3단계 모든 레벨에서 그가 이익을 취했다.

네이선이 맨체스터에서 뛰어난 장사수완으로 명성을 높이기 시작할 때쯤 이를 유심히 지켜본 사람이 있었으니 바로 리바이 코엔이다.

그는 리넨(linen) 장사를 하는 상인이었다. 코엔은 영국에서 20년째 사업을 하는 실력파 상인으로서 영국 유대인 가운데 최고의 부자였다.

코엔과 네이선은 점점 가까운 사이가 되어 네이선은 자주 코엔의 집에서 함께 식사하곤 했고 이즈음 코엔의 딸들과도 친분을 쌓게 된다. 그중 가장 아름다운 첫째 딸 한나와는 혼담도 오가게 된다.

18세기 말, 영국은 세계에서 자본주의가 가장 발달한 국가로서 결혼할 때에도 금전적인 면이 중요시되고 있었다. 코엔은 예비사위 네이선을 집으로 초대하여 은근한 말투로 네이선의 통장을 한번 보여 달라고 요구를 하는데, 네이선은 다소 불쾌했으나 오히려 거침없이 큰 소리로 외쳤다.

"코엔 씨, 지금 저의 능력을 못 믿겠다는 겁니까?!"

코엔은 그의 자신감에 흡족해하며 다시는 네이선의 능력을 의심하려 들지 않았고 그렇게 네이선과 한나는 성대한 결혼을 하게 된다. 한나의 혼수는 1만 파운드의 현금이었는데 이는 현재 100만 달러에 해당한다. 둘은 슬하에 4남 3녀를 두게 된다.

그들이 부부가 된 후 한 달 뒤 1806년 11월, 베를린에서 나폴레옹이 '대륙봉쇄령'을 선포하였고 그 결과 영국의 통상이 전면 중단되는 상황이 벌어진다. 영국 상인들은 하나둘 파산하기 시작했고 하루하루 걱정 속에서 고통을 감내해야 했다.

하지만 총명한 네이선은 오히려 기회를 발견한다. 그는 자신의 상점으로 달려갔다. 그리고 직원들에게 거금을 쥐여주면서 현재 맨체스터와 런던 시장에서 대륙봉쇄령 때문에 유럽에 출하되지 못해 헐값이 되어버린 물건들을 최대한 확보하라고 지시한다.

옷감, 신발, 모자, 의류, 그릇 등 값이 싼 물건은 무조건 사들이라고 한 것이다. 그리고 프랑크푸르트에 있는 아버지에게 암호편지를 한 통 써서 심복을 통해 급히 보낸다.

네이선의 심복은 유럽으로 향하는 쾌속선을 타고 프랑스로 가서 각국 정부의 역마를 빌려 아버지 로스차일드에게 편지를 전달한다. 그 편지로 네이선은 아버지에게 밀수를 제안하고 있었다.

나폴레옹의 봉쇄령은 유럽의 생필품 대란을 일으켰다. 반면 영국은 수출이 금지되어 많은 생활용품이 창고에 쌓여만 가고 있었다.

19세기 초, 유럽 대륙보다 산업혁명을 먼저 이룬 영국이 '세계 공장'의 역할을 하고 있던 때였으므로 나폴레옹의 대륙봉쇄령은 이런 식의 경제적 역효과를 초래했던 것이다.

네이선은 영국의 공급과잉과 유럽의 공급부족을 이용한 밀수사업이야말로 큰 수익을 낼 수 있는 유일한 방법이라고 확신했다.

나폴레옹 시대, 프랑스는 세계 최강의 육군을 자랑했다. 그러나 해군은 그렇지 못했고 항해기술, 선박속도 등 모든 면에서 영국에 뒤처져 있었다.

그런 기술의 격차 덕분에 네이선의 밀수선은 프랑스 함대 사이를 제집 드나들 듯 유연하게 오고 갈 수 있었다. 그의 밀매 함대는 봉쇄선을 거침없이 드나들며 큰 수익을 올렸다.

로스차일드 가문은 만약의 사태를 대비한 정치적 보호자를 찾아내는 일도 게을리하지 않았다. 이 가문은 뮤라트에게 적잖은 뇌물을 벌써 먹여놓았다. 뮤라트는 나폴레옹의 총애를 받은 프랑스 기병 총사령관으로서 나폴레옹의 매부이기도 했다.

뮤라트 부부는 극도의 사치를 즐기는 프랑스의 신귀족층이었기에 기뻐하며 로스차일드와의 어두운 거래에 응했다. 네이선이 영국에서 보낸 밀수선이 프랑스 세관을 통과하지 못할 때마다 뮤라트가 몸소 나타나 이 문제를 해결해 주곤 했다.

네이선의 밀수 계획은 대성공이었다. 하지만 그는 여기서 만족할 수 없었다. 밑천이 더 많다면 훨씬 많은 수익이 날 것이라 확신한 네이선은 자신의 아버지를 재촉하여 계속해서 돈을 끌어들이도록 하였다.

아버지 로스차일드는 오랫동안 알고 지낸 자신의 사업적 비밀 파트너인 부데루스(헤센 왕국의 수석 재정관)에게 도움을 청했다.

부데루스는 남몰래 자신의 주인인 윌리엄(헤센 왕국의 국왕)의 돈을 일정 부분 빼돌려 로스차일드의 사업자금으로 대주었다. 그러나 이 정도에 만족할 수 없었던 네이선의 마음은 더욱 조급해지기만 했다. 그의 사업이 엄청난 성과를 보였던 것이다. 말 그대로 '미친 성공'이었다.

네이선은 몸소 프랑크푸르트로 건너와 아버지 로스차일드 그리고 부데루스와 삼자대면을 한다. 그들은 윌리엄을 부추겨 영국 국채를 매입하도록 하고 이 돈을 네이선이 몇 달 동안 밀수사업 자금으로 이용하자는 결론에 도달한다.

이 회동의 계획대로 부데루스는 윌리엄에게 영국 공채의 투자를 권했고 예전부터 친영파였던 윌리엄은 흔쾌히 승낙한다. 윌리엄은 어떤 이유에서인지 영국이 프랑스를 꺾고 결국엔 최종 승리를 거두리라 굳게 믿고 있었다. 훗날, 그의 기대는 현실이 된다.

부데루스는 윌리엄에게 영국 공채를 매입하려면 영국에서 신뢰할 만한 대리인이 필요할 텐데 이런 역할에는 네이선 로스차일드가 적격이라며 강력히 그를 추천했다. 게다가 네이선은 1/8의 커미션만 받고도 기꺼이 일하려 한다는 말을 잊지 않았다.

1809년 초, 드디어 기다리던 자금이 도착했고 네이선은 이를 밀수 사업에 융통했다. 이 돈을 3개월 만에 15만 파운드에서 40만 파운드로 불린다.

그리고 15만 파운드어치의 공채를 구매한 뒤 구매 증명서를 윌리엄에게 전달했다. 네이선과 돈의 춤사위는 계속되었다. 눈부시도록 화려하게.

1809년부터 1811년까지 윌리엄은 네이선을 통해 총 60만 파운드의 영국 공채를 매입한다. 그리고 네이선의 투자 수완 덕분에 윌리엄의 60만 파운드는 어느새 200만 파운드로 불어나게 된다. 네이선의 천재적 사업 감각에 윌리엄은 그저 감탄할 뿐이었다.

여기까지 이야기하던 영준이 형이 갑자기 말을 멈추었다.

그런 영준을 바라보며 준서가 말했다.

"오, 형. 끝내주는데. 네이선 로스차일드. 완전 천재잖아. 이야기 끝난 거야? 뭔가 얘기할 게 더 있을 거 같은데."

"그렇지. 근데 말이야, 아까부터 너 혼자 족발 다 처먹고 있잖아. 나도 좀 먹고 이야기하자."

"아! 크크, 그랬나?"

준서는 괜히 좀 미안해졌다. 어느새 족발이 절반이나 사라져 있었다. 둘은 웃으며 맥주 한 잔씩 더 마셨고 영준은 이야기하느라 주린 배를 족발을 우걱우걱 마구 삼키며 채워 나갔다. 에너지를 어느 정도 충전한 영준은 이야기를 계속했다.

"네이선 로스차일드는 영국에서 더욱 드라마틱한 활약들을 하게 되지. 그게 어떻게 된 거냐면…"

영준은 로스차일드 이야기를 계속했다.

전쟁은 계속되고 있었다. 특히, 1810년과 1811년 사이에는 나폴레옹의 대륙봉쇄령 때문에 영국 경제가 최악으로 내리닫고 있었다. 1810년부터 네이선은 밀수사업뿐만 아니라 금괴 매입에도 관심을 쏟고 있었다.

이 무렵, 나폴레옹과 반프랑스 동맹의 전선은 교착상태에 빠져들었다. 영국은 이것을 타개하기 위하여 아서 웰즐리(웰링턴 공작)에게 프랑스군의 후방을 교란시키도록 했다. 그의 군대는 포르투갈과 스페인으로 파견된다.

네이선은 이번 작전으로 인해 웰링턴 공작이 머지않아 재정적으로 어려움을 겪을 것으로 예측했다. 그러던 차에 동인도회사의 금괴 매각 소식을 듣고서는 재빨리 몽땅 매입해 두었다.

아니나 다를까, 얼마 후 영국 재정부는 네이선에게서 거금을 들여 금괴를 매입해야만 했다. 네이선의 예측대로 웰링턴 공작이 재정적 지원을 더 해주지 않으면 당장 군대를 후퇴할 것이라고 정부에 알려왔기 때문이다.

네이선에게 금괴를 구매한 정부는 그 금괴를 포르투갈에 있는 웰링턴에게 운반을 좀 해 달라는 간곡한 부탁까지 하였다. 네이선은 이 일을 맡기로 하고 금괴 운반 계획을 세우기 시작한다.

그의 계획은 이러했다. 상대의 허를 찔러, 오히려 과감하게 프랑스로 운반한 뒤 로스차일드의 환전소에서 스페인과 포르투갈의 금화 및 은화로 환전한 다음, 유럽 밀수업자들을 통하여 스페인과 프랑스 변경에 위치한 피레네 산길을 통해 웰링턴에게 그것을 전달하자는 것이었다. 금괴가 프랑스에 도착한 이후의 과정은 파리에 머물고 있는 동생 제임스가 처리하기로 했다.

당시 외국인이 파리 거주중을 획득하기는 매우 어려웠다. 그러나 예전에 로스차일드의 도움을 받은 적이 있던 달베르크 공작이 나서서 이 문제를 쉽게 해결해 주었다. 게다가 달베르크는 내

친김에 로스차일드의 다른 아들들인 칼과 살로몬의 프랑스 출입국 증서까지 만들어 주었다.

네이선의 계획은 이번에도 성공했고 웰링턴 공작의 부대는 재정적 어려움을 해결할 수 있었다. 이는 군량미 문제가 해결되었다는 의미이기도 하다.

배고픔을 해결한 그의 부대는 다시 사기충천하여 프랑스군이 한 발자국도 앞으로 나아가지 못하도록 철벽 방어진을 펼쳤다. 금괴 운반의 대가로 네이선은 충분한 커미션을 챙겼고 영국 정부는 로스차일드 가문을 더욱 신뢰하게 된다.

얼마간의 시간이 흐르고, 네이선은 사업적 변신을 시도한다. 여전히 수익이 보장되던 무역 및 밀수사업을 과감하게 중단하고 본격적으로 금융업을 시작하기로 한 것이다. 그는 영국 로스차일드 은행을 설립했다.

네이선의 아버지는 셋째 아들의 이런 결정을 전폭적으로 지지하였다. 네이선은 런던에서 채권거래를 시작했는데 채권, 특히 정부의 공채는 당시의 시국에 큰 영향을 받을 수밖에 없었다.

영국을 비롯한 반프랑스 연맹이 전쟁에서 이기고 있으면 영국 공채가 상한가를 쳤고 패색이 짙으면 하한가로 떨어지는 등 전쟁 소식에 따라 등락을 거듭했던 것이다.

네이선은 다른 누구보다 최신 정보에 집착했다. 그는 거액의 재산을 들여 쾌속선, 우편차 등 교통설비를 사들였고, 정보원을 대거 고용해 유럽 각지로 파견했으며 전문 사신까지 양성하여 정보를 전달하는 시스템을 구축한다.

2년의 세월이 걸려 만들어진 로스차일드 가문의 정보 시스템은 정부의 정보망보다 빠르고 정확하여 '모르는 것이 없는 로스차일드'라는 명성을 얻게 했다.

네이선은 그가 구축한 최첨단 정보망을 활용하여 역사에 길이 남을 대박을 또 한 번 터트린다. 그날은 바로 1815년 6월 18일, 반프랑스 동맹과 나폴레옹 군대의 운명을 결정짓는 워털루 전투가 있는 날이었다.

워털루에서는 총, 칼의 전쟁이 벌어졌으나 금융시장에서는 돈의 전쟁이 치열하게 펼쳐진 그런 날이다. 영국이 프랑스를 꺾으면 영국 공채가 급등하고 그렇지 못하고 패배한다면 영국 공채 폭락, 프랑스 공채가 급등할 것이기에 투자자들의 긴장감은 어느 때보다 높았으며 그들의 마음은 워털루의 군인들만큼이나 비장했다.

네이선은 자신의 정보원들을 총동원하여 전장에 대한 정보획득을 위해 만반의 준비를 했다. 심지어, 로스차일드 가문은 양 진영에 스파이까지 심어두었다. 풍부한 인맥을 활용하여 각 부대 요소요소에 정보를 빼내 줄 인물들이 배치되게끔 로비공작을 펼친 것이다.

전쟁이 시작된 후 초반에는 영국이 다소 밀리고 있었다. 그러나 블뤼어 장군이 이끄는 3만 프로이센 지원군이 도착한 뒤, 상황은 역전되어 프랑스 군대가 조금씩 무너지기 시작했다. 그리고 저녁 즈음에는 나폴레옹의 패배가 확정되었다.

그럼에도 불구하고, 반프랑스 연합은 쉽게 승전보를 울리지 못했다. 왜냐하면, 그동안의 경험으로 보았을 때, 나폴레옹은 패배한 듯한 전투를 갑자기 뒤집는 천재적 지략을 뽐낸 적이 한두 번이 아니었기 때문이다.

지난번 마렝고 전투에서도 오스트리아 군은 나폴레옹을 격파했다고 생각하고 멜라스 총독이 전투지를 떠났는데 이 순간을 포착한 나폴레옹이 즉각 반격하는 바람에 최종 승리를 결국 나폴레옹에게 빼앗겨야 했다.

그러다 보니 반프랑스 동맹으로서는 최종 승리를 확신하기까지 시간이 더 필요했다. 그러나 로스차일드 가문이 심어 놓은 스파이들은 재빨리 전쟁의 결과를 알렸다.

급히 말을 달려 파리에 있는 제임스에게 소식을 알렸고 제임스는 비밀서신 여섯 부를 만든 뒤 여섯 사신을 동시에 출발시켜 네이선에게 보냈다.

그들 중 한 명은 차축이 부러져 사흘 뒤 도착, 다른 한 명은 총탄을 맞고 사망하는 사고가 발생, 두 명은 프랑스군에 의해 체포, 결국 두 명의 사신만이 칼레의 항구에 무사히 도착했다.

그 후 신속히 배를 타고 맞은편 도버항으로 향했는데 쾌속선의 속도는 평소보다 훨씬 빨랐다. 왜냐하면, 네이선이 사신을 태운 배 중에 도버항에 가장 먼저 도착하는 배에는 20만 프랑, 그 다음 도착하는 배에는 15만 프랑의 상금을 걸었기 때문이다.

당시 유럽 중산층의 전 재산과 맞먹는 액수였다. 덕분에 네이선은 영국의 승리를 정부보다 30시간이나 먼저 알 수 있었다.

6월 19일 오전 10시, 런던 증권거래소에서는 수많은 투자자가 전황을 걱정하고 있었다. 그들은 아직도 나폴레옹이 웰링턴을 상대하여 우세한 전투를 펼쳤던 초반전의 소식만 알고 있을 뿐이었다.

이때, 네이선이 거래소에 들어왔다. 모두 그를 주목했다. 네이선이 자신의 대리인에게 신호를 보냈고 그 대리인은 영국 공채를 마구 내다 팔기 시작했다. 그러자 장내는 술렁거렸다.

"로스차일드가 매각하는 것을 보니 영국이 확실히 지고 있나 봐."

"우리도 가격이 더 내려가기 전에 팔아야 하는 게 아닐까?"

"잠깐, 아무리 로스차일드라고 한들 전황을 어떻게 다 알겠어? 조금 더 기다려 보는 게…"

이런 말들이 오고 가는 가운데 네이선은 그의 대리인들을 통해 계속해서 공채를 매각하고 있었다. 어느 정도 시간이 흐르자 더 이상 불확실성을 견디지 못한 다른 투자자들도 하나둘 투매에 가담했다. 영국 공채는 슬슬 곤두박질치기 시작했다. 오후에도 네이선의 대리인들은 투매를 이어갔다.

상황이 이쯤 되자 증권거래소의 모든 투자자가 공황상태에 빠져 그들의 채권을 팔아대기 시작했다. 이는 마치 영문도 모른 채 떼를 지어 뛰어가는 짐승의 무리와 너무도 흡사했다.

영국 공채는 55%씩이나 하락하고 있었다. 마감 시간이 되었을 땐 100파운드짜리 공채가 5파운드로 급락해 있었다. 거의 모든 투자자가 어마어마한 손실을 기록한 하루였다.

하지만 사실 네이선은 자신의 또 다른 비밀 대리인들에게 공채가 30파운드 이하로 떨어지면 그때부터는 무조건 사들이라고 사전에 지시해 두었다. 값이 내려간 공채를 거의 공짜로 주워 담았다.

6월 20일 아침, 런던의 신문에는 '워털루 대승'이라고 하는 승전보가 헤드라인으로 실렸다. 이날 런던 증권거래소에서는 영국 공채가 다시 폭등하기 시작했다. 하루 만에 전날의 하락폭을 상쇄시켰고, 일주일이 지나도록 상승세가 계속되어 어느새 100만 파운드의 가격대조차 넘어가고 있었다. 네이선은 30파운드 이하로 사두었던 공채를 천천히 되팔기 시작했다. 우아한 몸짓과 도도한 표정으로…

한편, 파리의 제임스 역시 6월 19일 나폴레옹이 승리했다는 거짓 정보를 흘렸고 네이선과 같이 엄청난 시세차익을 거둬들였다.

로스차일드 형제는 워털루 대투기를 통해 2억 3천만 파운드라는 엄청난 돈을 긁어모았다. 로스차일드 가문이 금융의 지배자로 우뚝 서는 순간이었다. 반면, 나폴레옹은 다시는 재기하지 못했다.

　영준의 이야기를 모두 들은 준서는 입을 다물지 못하고 있었다. 로스차일드 신화라는 것이 꿈 많고 혈기왕성한 청춘들에게 구미에 딱 맞는 이야기가 아닐 수 없었다.

　"형, 짱이네. 갑자기 좀 두근거리는데."

　"그러니까, 무조건 위험하기만 하다는 막연한 두려움에 아무것도 못 한다면 솔직히 다른 일도 할 만한 게 없지. 결국, 뭐든지 어떻게 하느냐가 관건인 거야. 네이선의 승리는 다양한 원인이 있겠지만, 무엇보다도 정보를 중요시했다는 거지."

　"맞아. 정보가 생명이지. 특히 투자자에게 있어서는."

　"네이선은 정보획득에 아낌없이 투자했던 거지. 그리고 또 하나 명심해야 할 것은 정보획득뿐만 아니라 그것을 정확히 해석하는 정보해석능력 역시 중요해."

　"맞아, 맞아. 형 말이 다 맞아."

　준서는 연신 고개를 끄덕였다. 이 순간만큼은 준서에게 있어 영준은 희망찬 미래를 설교하시는 교주님과 같았다. 준서는 맥주를 한 모금 입으로 가져갔다. 영준은 이야기를 계속했다.

　"요즘 정보의 출처는 보통 TV 뉴스를 많이 보잖아?"

"그렇지. 거기 나오는 게 그날의 가장 중요한 거 아니겠어?"

"맞아, 하지만 TV 뉴스로는 한계가 있어. TV의 뉴스라는 것은 그날의 가장 중요한 사건만을 부각하지. 그래서 때마침 주식시장에 영향을 크게 미치는 사건이 있었다면 온통 그 얘기로 도배가 되지.

그것이 만약 호재였다면 TV 뉴스만을 접한 일반 투자자는 갑자기 우리나라 경제 전반이 엄청 좋아졌다고 착각할 수도 있지.

악재도 마찬가지야. 어떤 악재가 터지면 그것을 부각해야 하는 TV 뉴스의 습성 때문에 그것만 보는 사람에게는 마치 우리나라 경제 전반이 무지하게 어려워졌다는 착시현상을 만들어버리지. 이것은 투자자가 항상 경계해야 할 부분이야."

"오, 형, 주식 한 10년 한 거 같은데?"

"크크크크, 고시공부는 안 하고 맨날 온갖 책들을 읽다 보니 이쪽 방면의 책들도 좀 접해봤지. 말은 내가 하고 있지만, 내용은 그 책을 쓴 베테랑들의 조언이야."

영준은 잠깐 말을 멈추었다가 다시 이어 나갔다.

"그래서 하루하루의 사건은 호재가 날 수도 악재가 날 수도 있는데 그것은 경제의 큰 흐름에서 부분적으로 나타나는 이벤트에 불과하다는 뜻이야. 다시 말해, 우리나라 경제 혹은 세계 경제가 큰 흐름 속에서 불황으로 가려고 하는지 호황으로 오르려고 하는지 그것을 간파하고 있어야 최종 승리자가 될 수 있다는 거야.

경제 불황 8년 주기설 알지? 그 흐름을 읽느냐 못 읽느냐만 생각해봐도 누군가는 8년마다 가난해지지만 다른 누군가는 8년마다 오히려 부자가 되고 있다는 거지."

"음, 그러니까…."

"그러니까, 내일의 주가를 예측하기보다는 큰 흐름을 예측하라! 지금도 하루하루 기상정보는 맞을 수도 틀릴 수도 있는 반면 일식, 월식 등 우주의 현상들은 정확히 예측하잖아?

주식 그래프도 미친년 널뛰기하는 듯한 하루하루의 움직임은 누구도 알 수 없으나 경제 전반에 대한 큰 흐름은 그 예측력을 훨씬 정확하게 가져갈 수 있다는 거야.

솔직히 최종 승부는 그 판단에서 이미 정해져 있는 거야. 시간이 흘러 워털루 전투와 같은 최후의 날이 오면 선택의 결과는 분명히 밝혀지지. 누군가는 로스차일드가 되고 누군가는 나폴레옹이 되어 버리는…."

"형, 나 오늘 형 만나길 잘한 것 같아."

"한 잔 더 마시자. 이제부터는 본격적으로 여자 얘기나 좀 할까?"

영준은 약간 음흉한 웃음을 지은 후 계속 말했다.

"있잖아, 내 자취방 맞은 편에 진짜 예쁜 애가 살거든. 그래서 내가 말 좀 붙여 보려고…."

영준의 여자 에피소드조차 우유 빛깔 순진함을 간직하고 있는 모태솔로 준서에게는 로스차일드 이야기 그 이상의 영웅담처럼 느껴졌다.

물론, 로스차일드의 페인트 모션(feint motion)까지 정당하다고 박수쳐 줄 수는 없을 것이다. 그저 기발했을 뿐.

4

101분 토론 - 중국 경제는?[1]

영준과 헤어진 준서는 자정이 넘어서야 집에 올 수 있었다. 술을 꽤 마시긴 했어도 맥주였기에 그렇게 부대끼지는 않았다.

외출복을 벗으면서 다시 생각해보니 영준이 고마웠다. 그 마음을 말해주고 싶어서 비록 자정이 지난 시간이었지만 준서는 영준에게 전화를 걸었다.

"여보세요. 영준이 형."

"아까 봐놓고 웬 전화? 생뚱맞게."

"뭐 해? 안 자?"

"형 지금 바쁘다. 할 말 없으면 얼른 끊어라."

---

[1] 이 단원은 2015년 10월에 출간된 한스미디어의 『중국발 금융위기, 어디로 갈 것인가』라는 책에 나온 대담자들의 이야기를 토대로 하여 작가가 상상력을 덧붙여 재구성하였음을 밝혀 드립니다.

바쁘다는 말에 준서는 궁금증이 더해갔다.

"이 시간에 뭐 하느라 바쁜데?"

"아, 진짜. 찌질아. 형 바쁘다니까 눈치 없이 왜 이래. 이 시간에 뭐하느라 바쁘겠니. 상상력을 발휘해 봐."

준서는 아무리 생각해봐도 딱히 떠오르는 게 없었다.

"뭐하는데?"

"아, 진짜. 형 지금 데이트 중이야. 아까 족발집에서 얘기했던 자취방 맞은편 예쁜 애."

"뭐?! 이 시간에 데이트를 해?!"

"그럼, 다 큰 어른들이 밤 12시에 데이트하지 낮 12시에 하니? 할 말 없으면 끊는다. 그리고 너도 얼른 이 방면에도 건투를 빈다. 우유 빛깔 모태솔로야."

핸드폰 전자음이 들리며 전화는 끊겨버렸다. 놀란 준서는 미처 고맙다는 말도 하지 못하고 잠깐 멍한 채로 있었다.

'그래, IQ 170이 넘어가는 천재 형이야. 그의 라이프 스타일을 내가 어떻게 따라 하겠어? 난 그냥 혼자서 TV나 보다 자자.'

준서로서는 이런 식으로 청춘사업의 격차를 외모보다는 IQ의 탓으로 돌리는 것이 그나마 상대적 박탈감에서 더 빨리 빠져나오는 탈출구였다.

기분 전환도 할 겸 TV를 트니 '101분 토론'이 나오고 있었다. 다소 피곤했던 준서는 다른 곳으로 채널을 돌리려다가 마음을 바꾸었다. 순간 네이선 로스차일드가 떠올랐기 때문이다.

'그래, 비록 내가 내 정보원들을 키우지는 못하지만 이렇게 공짜로 나오는 정보만이라도 귀담아듣는 습관을 지녀보자. 정보는 금융투자자에게 있어서 생명과도 같은 거니까. 그리고 솔직히 이거 보고 있으면 잠은 진짜 잘 오겠네.'

이렇게 생각하며 귀를 기울이기 시작했다.

전무현 앵커: 네, 열띤 토론을 이어가고 있습니다. 다음으로 장 교수님은 현재 중국을 어떻게 바라보고 있으신지요?

장주덕 교수: 지금 중국 경제는 두 가지의 과제가 있습니다. 이미 저성장 기조로 진입했기 때문에 이것을 해결하는 일과 더불어 산업 및 금융에 대한 구조조정을 완만하게 이뤄내야 한다는 것입니다.
미국과 유럽 등 세계의 큰 시장 어디에서도 현재는 별다른 수요가 생기지 않고 있습니다. 즉, 재고가 남아돌고 있어요. 그래서 중국에게는 구조조정 특히 제조업 구조조정만큼은 미뤄둘 수 없는 성급히 꺼야 하는 발등의 불이지요.

차준명 애널리스트: 그동안 중국은 세계 공장, 미국은 그 공장의 단골손님. 즉, 생산과 소비의 역할을 각각 분담했습니다. 제가 볼 때 이제는 중국이 생산자뿐만 아니라 소비자의 역할도 함께 수행하리라고 봅니다.
중국 자체도 소비력을 강화하지 않으면 안 되는 상황이죠. 2008년

과 2009년의 고정투자에 대한 지표가 여기 있습니다만 이것을 보면 세계 GDP에서 고정투자의 비중이 22%인 것에 반해 중국은 46~48%입니다. 즉, 과도한 투자에 의한 공급과잉을 엿볼 수 있죠.

이자영 소장: 중국은 그동안 값싼 노동력을 내세워 세계 공장의 역할을 했습니다. 그러나 최근의 1인당 노동력 가격과 노동 생산성 지표를 보게 되면 중국보다 생산에 있어 더 효율적인 곳이 세 군데나 되지요.
베트남, 인도네시아, 나이지리아입니다. 특히 베트남과 인도네시아에 대해서는 중국이 벌써부터 긴장감을 가지고 주시하고 있을지도 모를 일이지요.
중국에 들어와 있던 다국적 기업의 공장들, 심지어는 중국 자국 기업의 공장들조차도 동남아로 옮겨 가는 흐름이 보입니다. 이것은 앞으로 세계의 공장은 중국에 이어 동남아시아가 수행할 것이라는 징조입니다.
물론, 중국의 시안을 중심으로 하는 중서부는 아직 미개발지역이므로 이런 곳을 기점으로 일정 부분 공장 역할을 계속할 수는 있을 것입니다. 즉, 지금까지의 세계 공장 역할은 주로 중국 동부가 해왔는데 앞으로는 중국 중서부와 동남아시아가 그 역할을 수행할 것으로 보입니다.

전무현 앵커: 세 분 말씀을 들어보니까 결국 중국의 역할이 좀 변할 것 같습니다. 이는 중국은 이제 이런 상황에 맞춰 구조조정을 수행해야 한다는 메시지로 들리는데요, 어떨까요? 중국이 구조조정을 잘해

낼 것 같습니까?

장주덕 교수: 그 부분이 문제인데 그리 쉬워 보이지는 않습니다. 아까 말씀드렸듯이 구조조정의 주된 대상이 일단 제조업인데 중국 내 제조업이라는 것이 대부분 국영기업이 하고 있어요. 즉, 자기가 알아서 혁신해야 한다는 건데 스스로 자기 살을 깎는다는 것이 현실적으로 쉽지가 않죠. 그러면 결국 구조조정의 속도는 현저하게 떨어질 수밖에 없죠.

지금 추세를 봐도 성장률이 조금씩 조금씩 떨어지는 흐름을 보입니다. 문제는 계속 떨어진다는 거죠. 뭔가 변화의 계기가 생기지 않고 계속 하락세가 이어지다 보면 어느새 소위 중국 경제 경착륙이라고 흔히들 얘기하는 그런 상황으로까지 나빠질 수 있다는 거죠. 처음엔 가랑비인 줄 알았는데 맞다 보니 옷이 흠뻑 젖어있더라는 얘기입니다.

시진핑 정부는 이 부분을 명심하고 실질적인 구조조정을 진행해야 해요. 제 판단으로는 2017년까지는 구조조정을 계속 수행하리라 봅니다.

차준명 애널리스트: 우리나라는 IMF 체제 하에서 구조조정을 했었죠. 정말 뼈를 깎는 고통이었습니다. 중국은 그때의 우리와 달리 외환이 풍부합니다.

그래서 우리가 경험한 IMF 외환위기 때와는 다른 형태로 구조조정이 진행될 겁니다. 뭐, 금리 자유화, 환율 자유화 등 이런 것들을 점진적으로 해나가면서 시장의 구조조정을 서서히 이끌어 내겠죠.

결국, 그들의 구조조정이 한국과 달리 꽤 시간을 가지고 진행될 것이라는 부분에 있어서 저도 장 교수님의 견해와 똑같이 보고 있습니다.

이자영 소장: 사실 '사회주의 시장경제'라는 말 자체가 중국 경제에 대한 구조조정의 필요성을 스스로 증명하고 있지요.

이미 너무 커버린 시장경제를 사회주의 체제로 핸들링한다는 것이 좀 어색하지요. 덩샤오핑 때는 '시장'이라는 개념을 받아들이는 것만으로도 충분히 개혁적인 결단이었지요.

하지만 시진핑은 여기에 머물러서는 안 됩니다. 사회주의 이념을 근간으로 하는 그동안의 중국 정치, 여기에 대한 본질적 개혁을 시진핑이 성공해야만 경제도 성공할 수 있어요.

전무현 앵커: 이쯤 되면 중국경제는 연착륙에 성공하느냐 경착륙으로 떨어지느냐의 질문을 드리지 않을 수 없겠는데요.

장주덕 교수: 그 부분은 중국 자체의 요인도 있겠지만, 미국의 영향이 지대하게 미칠 것이라 봅니다. 미 연준(미국 연방준비제도이사회)은 자국 경제성장률이 2016년에 정점을 치고 하강이 시작될 것으로 보고 있어요.

지금 금리 인상 이야기도 나오고 있는데 이런 상황에서 중국 경제는 2016년까지 반등에 실패한다면 2017년은 미국의 영향으로 상당히 어려워질 수 있다고 생각합니다. 그러면 중국 경착륙이 현실화될 수 있지요.

차준명 애널리스트: 각국의 경제에는 모두 잠재성장이라는 것이 있습니다. 실질성장이 잠재성장을 초과하게 되면 인플레이션이 생기죠.

이런 경우, 그 나라의 정부는 긴축정책을 펼칩니다. 이때, 이 정책이 적절하여 잠재성장률 수준으로 회귀하면 연착륙, 잠재성장률보다 급격히 내려가면 경착륙이라고 표현할 수 있지요.

중국은 그동안 10% 정도의 고도성장을 보여줬는데 앞으로는 한풀 꺾여 5~6% 정도가 그들의 잠재성장률이라고 생각합니다. 결국, 실질성장률이 6%대에 머무른다면 이는 개념적으로는 연착륙이라고 이름 붙일 수도 있다는 거죠.

하지만 저는 그게 과연 의미가 있느냐는 겁니다. 왜냐하면, 10%대 성장을 보이던 국가가 6%대로 떨어지는 그 자체가 고통의 과정이라는 거죠. 참고로 우리나라가 IMF 구조조정을 거치면서 성장률이 7~8%대에서 5~6%대로 떨어졌습니다. 이때, 얼마나 많은 우리 기업들이 무너졌습니까?

게다가 중국은 이미 심각한 소득 불균등을 보이는데 이런 난국을 사회주의 시장경제라는 프레임으로 끝까지 핸들링하겠다는 발상을 시진핑이 혹시 하고 있다면 아까 이 소장님 말씀대로 그건 좀 어색한 거죠.

전무현 앵커: 전문가들을 모셔놓고 말씀을 듣고 있자니까 좀 암울하게 느껴지는데요, 하하하.

장주덕 교수: 허허, 꼭 그런 뜻은 아니고 중국이 지금의 구조조정기를 지혜롭게 헤쳐나간다면 오히려 더 나은 경제 강국으로 발전할 것입니다. 그런 기대 때문에 여러 전문가가 더 주목하고 더 많이 이야기하는 것 같습니다.

전무현 앵커: 자, 그렇다면 한국 기업이나 정부는 중국시장의 변화 속에서 어떻게 대처해야 합니까?

장주덕 교수: 우리나라 기업 중 성공적으로 중국시장을 개척한 대표적 회사는 현대 자동차입니다. '북경현대'라는 이름으로 중국 자동차 시장에서 4위를 차지하고 있습니다.

2002년부터의 순자산 증가율이 평균 37.2%로써 워런 버핏의 버크셔 해서웨이보다 2배 정도 높게 나옵니다. 중국 자동차 산업이 형성되기 시작할 때 재빨리 치고 들어가 블루오션을 정복한 거죠. 무려 15년간이나 행복한 비명을 지를 수 있었던 거죠. 허허.

지금도 중국에는 소비가 늘기 시작하는 분야들이 있습니다. 이런 분야를 파고드는 기업일수록 상대적으로 좋은 기회를 잡게 된다는 겁니다. 물론, 자동차 분야는 지금은 공급과잉 현상을 보이고 있다는 점은 참고로 말씀드립니다.

차준명 애널리스트: 한국 기업 수출 동향 데이터를 봤었습니다. 자동차는 현재 총수출액이 줄어드는 경향을 보입니다. 이제는 드라마 혹은 YG엔터테인먼트와 같은 회사들의 음악 컨텐츠 이런 것들이 좋은 모습을 보이는 듯합니다. 주력 상품들이 시장의 변화에 따라 다른 분야로 옮겨가고 있는 유동적 흐름을 반드시 감안해야 합니다.

이자영 소장: 중국의 소비 트렌드가 온라인으로 바뀌고 있어요. 지금 중국의 소비주체는 1980년대 혹은 1990년대에 태어난 젊은 층입니다. 이들은 온라인 쇼핑에 익숙합니다. 그리고 자신의 개성을 살

려주는 엣지 있는 브랜드에 민감한 특징을 보이죠. 이들의 성향을 잘 파악해야 해요.

더불어 한국 정부는 한중 FTA를 성공적으로 이끌어야 합니다. 개인이나 기업이 한중 FTA에 기대어 성공의 활로를 모색할 때 정부는 좋은 동반자가 되어주어야 하고, 특히 사업자들이 중국에서 신뢰할 만한 확실한 파트너를 쉽게 찾을 수 있게 도와주어야 합니다.

여기까지 듣던 준서는 자기도 모르게 스르르 잠들어 버렸다. 준서의 방은 어두컴컴했고 잠든 준서의 맞은편 조그만 TV는 계속 불을 밝히고 있었다. '101분 토론'의 이야기들은 준서의 방에서 이리저리 흘러다니고 있었다.

수
요
일

5

바다로 떠나다

전날 영준과 술을 마신데다가 '101분 토론'까지 보다가 잠들었던 준서는 아침에 일어나기가 힘들었다. 그러나 1교시 수업이 있었기에 일찍 버스에 몸을 태우고 학교로 향하고 있었다.

그때, 윤지에게서 카톡이 왔다. 수업 들어가기 전 잠깐 할 얘기가 있다는 것이다. 준서와 윤지는 학교 정문 분수대 쪽에서 보기로 했다.

"준서야!"

윤지가 빠른 걸음으로 분수대 쪽 준서가 있는 곳으로 오고 있었다.

"갑자기 아침부터 왜 보자고 한 거야? 나 이제 곧 1교시 들어가야 하는데."

"얘는, 너 고삐리니? 우린 대학생이야. 공부도 중요하지만 가끔은 젊음의 일탈도 중요하다고."

"젊음의 일탈? 뭔가 너의 어휘선택이 예사롭지가 않다. 어디 놀러 가자거나 하는 거라면 난 사절입니다. 수업 들으러 갈 거예요."

준서는 거부의 의사를 강력히 내비쳤지만, 어느새 그는 윤지와 서울역으로 향하는 지하철을 타고 있었다. 여자에게 괜히 무뚝뚝한 척하는 것도 그렇지만 이렇게 청을 거절하지 못하는 것도 아직까지 여자친구를 사귀어 본 적이 없는 준서의 순진함 때문이었다.

"그러니까 윤지 네 말은 당일치기로 부산을 갔다 오자는 거잖아?"

"그렇지. 오늘 날씨도 좋고 바다도 보고 돼지국밥도 먹고. 그리고 있잖아, 광안리 바닷가 쪽에 놀이공원이 있는데 거기 바이킹이 자연적으로 멈출 때까지 계속 움직인대, 브레이크 안 잡고. 그거 타보고 싶어. 큭큭큭."

기왕에 수업도 빼먹고 다녀오는 여행이라면 준서도 재미있게 보내는 것이 낫겠다는 생각이었다.

"그런데 준서야. 너 그거 생각나?"

"뭐?"

"우리 중학교 1학년 때, 너랑 나랑 짝이었을 때 말이야."

"그게 뭐?"

"나 그때 너한테 하나 되게 고마운 거 있다."

준서는 뜬금없는 말에 눈이 휘둥그레졌다. 아무리 생각해도 별로 고마운 일을 해준 적은 없는 것 같다. 윤지의 얘기는 계속되었다.

"내가 한때 내 친구들이랑 좀 다퉈서 한 달 정도 여자애들 사이에서 약간 따돌림 같은 걸 당했잖아."

"그랬나? 그러고 보니 잠깐 네가 그런 얘기한 거 같기도 하다. 네 절친들이랑 싸워서 잠깐 네 친구들 무리에서 떨어졌다고. 근데, 뭐 금방 다시 친해졌잖아?"

"그러긴 했지. 뭐, 그 나이에 심각한 거로 싸웠겠니? 근데 내가 네게 고마운 건 잠깐 그랬을 때 네가 점심시간에 나랑 같이 밥 먹어 줬잖아. 그게 참 고마웠어."

"아, 하하하! 그거?"

준서는 이제야 알 것 같았다. 짝이었던 윤지가 자기가 밥을 혼자 먹어야 할 것 같으니 점심시간에 딴 데 가지 말고 그냥 자기 옆에서 밥 먹으라고 으름장을 놓아댔던 그때를 말하는 것이었다.

사실, 중학교 1학년이었던 준서 역시 윤지의 이런 말이 꽤 고민스러웠다. 일단 준서도 점심을 함께 먹는 친구들 무리가 있었을 뿐 아니라, 아무리 학교의 분위기가 개방적이었다고는 하나 어느 날 갑자기 남녀가 단둘이서 밥을 먹기 시작하면 준서도 친구들 사이에 놀림감이 될 것은 불 보듯 뻔한 일이었기 때문이다.

그렇다고 당시에 짝인 윤지의 어려움을 외면하는 것도 왠지 스스로 비겁하게 느껴졌다. 준서는 열심히 머리를 굴렸고 한 가지

대안을 찾았다. 준서 바로 앞자리였던 오랜 절친 종수를 끌어들이는 것이었다.

"종수야, 오늘부터 점심시간에 너는 뒤로 돌아서 나랑 같이 둘이서 밥을 먹자."

"뭔 소리야. 오늘 상민이네 자리에서 먹기로 했잖아. 게다가 우창이랑 병호는 어떡하고?"

"아, 몰라! 걔네는 걔네들끼리 먹게 하고 아무튼 너는 뒤돌아서 내 자리에서 나랑 처먹어."

종수는 영문을 몰라 황당했으나 준서와는 초등학교 때부터 둘도 없는 절친이었기에 일단 준서의 말대로 하기로 했다. 준서의 생각은 이랬다.

그의 앞자리에는 종수가 있는데 종수는 뒤돌아서 준서와 밥을 먹는다. 그리고 준서의 옆자리에는 윤지가 밥을 먹는다.

이렇게 되면 둘이 먹는 것도 아니고 그렇다고 딱히 셋이 먹는 것도 아닌 애매한 상황을 만들 수 있고 이로 인해 준서는 친구들의 놀림을 피할 수 있다고 본 것이다.

어차피 대외적으로는 종수와 함께 밥을 먹을 뿐이라고 얘기하면 될 일이었다. 윤지는 그냥 자기 자리에서 먹을 뿐이고. 종수의 협조로 준서는 위기를 피해 갔고 준서의 도움으로 윤지 역시 어려움을 지나칠 수 있었다.

한 달 뒤, 윤지가 친구들과 다시 화해함으로써 상황은 종료되었고 준서와 종수는 이전처럼 상민, 우창, 병호 이렇게 다섯이서 함께 밥을 먹었다.

"근데, 준서야. 너한테 서운한 것도 하나 있어."

"엥? 그건 또 뭔데?"

준서의 눈은 아까보다 더 휘둥그레졌다. 아무리 생각해봐도 지금까지 가슴속에 새겨둘 만큼의 서운한 행동 역시 윤지에게 한 적이 없었기 때문이다.

"이것도 내가 한 달 정도 어려움을 겪던 때 얘긴데, 그때 우리 음악 시간에 악기연주 시험 있었잖아."

"맞아, 다들 피아노라든가 혹은 리코더라도 좋으니 한 곡 연주해야 했던 거. 그때 나 짜증 나 죽을 뻔했잖아. 억지로 기타 배워서 대충 때웠지. 넌 그때 피아노 쳤었잖아. 되게 잘 치던데. 음악 선생님이 너한테 전문적으로 해도 될 실력이라면서."

"그래, 맞아. 기억하고 있네. 그때 내가 연주곡이 좀 어려워서 연주하는 중에 악보 넘기기가 어려웠거든. 그래서 시험날이 되면 내가 연주할 때 옆에 있다가 악보 좀 넘겨 달라고 했는데 그건 안 해 주더라."

이 말을 들은 준서는 자기도 모르게 웃음이 나왔다.

"그건 지금 해달라고 해도 하기가 쉽지가 않아, 솔직히."

"어머, 왜?"

"야, 아무리 그래도 남자한테는 가오라는 게 있거든. 쪽팔리게 여자 연주하는데 멀뚱멀뚱 옆에 서 가지고 눈치 보고 있다가 악보 책이나 넘겨주고 그러면… 아냐, 딱 생각해도 쪽팔리네."

"어머, 어머. 그런 거 해주고 하는 게 진짜 멋있는 거지."

"아니거든요, 수컷들 사이에서 매장당해요."

"아니거든요, 암컷들이 자상하다고 좋아해요."

"자상은 무슨."

준서는 이런 게 남녀의 차이인가 하는 생각이 들었다. 다음에는 영준에게 여성학 강의를 들어야 할 것 같다는 생각도 들었다.

지하철은 어느새 서울역에 잠시 멈추었고 둘은 얼른 내려 KTX 타는 곳으로 가서 티케팅을 하였다. 서울과 부산 간 거리가 꽤 멀었기에 영화상영 칸을 선택했고 둘은 부산까지 가는 동안 영화를 즐기며 갈 수 있었다. 영화가 끝나고 얼마 지나지 않아 열차도 부산에 도착했다.

"와, 바다다!"

광안리 푸른 바다를 보면서 윤지가 크게 외쳤다. 막상 바다에 오니 준서도 기분이 좋았다. 군것질거리로 '오다리'를 질겅질겅 씹으며 함께 모래사장을 걷고 있었다. 갈매기들의 날갯짓 멀리에 바다를 가로지르는 광안대교의 모습도 선명하게 눈에 띄었다.

"윤지야, 네가 얘기했던 그 멈추지 않는 바이킹, 꼭 타야겠니?"

"아, 맞다! 바이킹!"

준서는 괜히 말을 꺼냈다고 생각했다. 사실 준서는 스릴 있는 놀이기구를 선호하는 편은 아니었다. 그는 스릴이라고는 찾아볼 수 없는 평화로운 놀이기구를 좋아했으나 윤지는 이미 빠른 걸음으로 꽤 멀리 앞장서 가고 있었다.

광안리 모래사장이 끝나고 좀 더 안으로 들어가자 횟집, 노래방 등이 있는 큰 건물 뒤에 놀이 기구들이 즐비해 있는 소규모 놀이 공원이 나왔다.

"야, 저거다! 저기 있는 저 바이킹! 자연적으로 멈출 때까지 멈추지 않는다는!"

미친 듯이 좋아하는 윤지를 마냥 보고만 있던 준서는 순간 얘가 진짜 미친 건 아닌지 살짝 걱정도 들었다.

소문은 사실이었다. 시작부터 중반까지 전기의 힘으로 힘차게 반동을 계속하던 바이킹은 어느 순간부터 자연적으로 왔다 갔다 했고 조종하던 할아버지는 언제부턴가 신문에 눈이 가 있었다. 바이킹이 완전히 멈추기까지 한 100번은 왔다 갔다 한 게 아닌가 하는 착각마저 들 만큼 오랫동안 반동을 지속하였다.

"재미있다, 또 타자!"

윤지의 말에 준서는 사정하듯 빌어서 그곳을 빠져나왔다.

"크크, 준서야, 오늘도 고마워. 그래서 기분이다, 내가 커피 살게. 대신 이따 저녁은 네가 사. 호호호호."

안암동
펀드
매니저

"그, 그래. 어차피 각오했던 일이긴 해."

둘은 함께 웃었다.

"아 참, 윤지야. 아까 여기 올 때, 모래사장 끝나는 지점에서 건물들 여러 개 있었잖아. 그 건물들 사이에 있던 커피집이 사실은 우리 사촌 형 가게거든. 이왕 마실 거라면 거기서 마시자."

"정말? 더 좋지."

준서의 사촌 형은 부산의 K대학 경영학과를 나와 공부를 계속하여 모교에서 마케팅으로 박사학위까지 취득하고 한때 이곳저곳에서 시간강사 일을 했었다.

그러던 중 틈틈이 바리스타 시험을 준비하여 보란 듯이 통과하고 전문 바리스타로 변신했다. 그리고 광안리 바다가 보이는 곳에 작은 가게를 차렸는데 입소문이 나면서부터 조금씩 그 지역 명물 커피집으로 자리매김해가는 중이었다. 가게의 이름은 좀 독특했다.

'커피 용주와.'

6

가치투자와 명장 관우

"최용주 사장님 있어요?"

준서는 가게에 들어가자마자 자신의 사촌 형인 용주를 찾았다.

"사장님 담배 피우러 갔는데요, 곧 올 겁니더."

둘은 아메리카노와 와플을 시킨 뒤 적당한 자리에 앉았다. 조금 있자니 용주가 들어왔다. 준서가 반갑게 외쳤다.

"용주 형!"

용주는 뜻밖의 목소리에 놀라는 듯 준서를 보았다. 그리고 이내 반갑게 웃으며 다가왔다.

"니 준서 아이가. 우짠 일이고. 미리 얘기나 좀 하지."

준서는 용주에게 윤지를 소개한 뒤 셋은 한자리에 모여 앉았다. 때마침 알바생이 커피와 와플을 가져왔다. 그리고 이런저런 이야기를 좀 나누었다.

"그라니까, 여기 있는 윤지 씨가 친구들 모아서 펀드를 만들었는데 준서 니도 이번 주 토요일부터 거기에 들어갈 거 같다, 이 얘기제?"

"그렇지."

"자금은 얼마쯤 모았어요?, 윤지 씨."

"네? 아, 그냥 과외비로 번 돈들 모아서 하는 거라서. 그래도 팀원들 갹출한 돈 다 모으면 약 천만 원 살짝 넘어가요. 몇몇은 부모님이 금융권에 계셔서 좋은 공부가 될 거라며 좀 후원해준 친구도 있고 해서."

"아, 많이 모았네예. 괜찮은 생각 같애요."

"용주 형, 형은 경영학 전공이잖아. 뭐 해줄 얘기 없어?"

준서의 물음에 용주는 윤지를 보면서 답했다.

"내가 경영학을 한 건 맞는데 박사를 마케팅을 해 가지고 사실 펀드 쪽에 그렇게 해줄 말은 없어요. 근데, 주위에서 주식하는 애들 말 좀 들어보면 요새는 하나같이 가치투자, 가치투자 하드라고예. 많이 들어 봤지예? 가치투자."

"네, 많이 들어 봤죠. 가치투자. 저평가되어 있지만, 실상은 좋은 그런 회사의 주식을 사서 시장에서 올바른 평가로 반영되기까지 중장기적으로 기다리는 그런 투자법."

윤지는 잠깐 멈추는 듯하더니 하던 말을 계속했다.

"때마침 준서랑 KTX 타고 올 때, 영화 칸을 타고 왔는데 거기서 견자단이 주연한 '명장 관우'라는 영화를 상영해 주더라고요.

내 생각엔 삼국지로 치면 관우가 유비에게 가치투자를 한 거 같아요. 아마도 관우는 유비를 저평가되고 있는 우량주라고 판단했던 거고 언젠가는 유비가 혼란스런 세상을 바로잡고 통일의 대업을 이룰 것이라는 믿음을 굳게 가졌던 거죠.

결국, 유비와 관우는 난세를 이겨내고 촉나라를 세우는 성과를 함께 만들어내잖아요. 비록 중원통일까지는 못했지만."

"역시 잘 알고 계시네예. 그런데요, 윤지 씨. 그 얘기가 다 맞지만 사실, 좀 깊이 들어가 보면 더 생각해야 할 부분들이 쫌 있어요. 윤지 씨가 가치투자를 이야기하면서 삼국지 얘기를 했으니까 저도 그걸로 이야기를 해볼게예."

윤지와 준서는 용주의 이야기에 귀를 기울였다. 사실, 영화를 즐겨 보던 준서로서는 열차에서 봤던 '명장 관우'라는 영화가 기존의 삼국지연의의 시각과는 상당히 다른 각도에서 유비와 관우를 재조명했다는 것쯤은 이미 알 수 있었다. 특히 이 영화의 마지막 장면에서 관우의 죽음을 놓고 조조가 남긴 대사는 다소 충격적이기까지 했다.

"관우는 양의 탈을 쓴 늑대에 의해 죽어갔다. 직접 손에 피를 묻힌 것은 손권이나 피를 묻히지 않고 죽인 자는 유비와 공명이다."

그런데 때마침 사촌 형인 용주가 삼국지를 예로 들어 가치투자에 대한 의미를 이야기해 보겠다고 하니 이는 벌써부터 준서의 흥미를 자극하고 있었다.

"윤지 씨의 말대로 관우는 유비에게 가치투자를 한 것일 수 있어요. 왜냐하면, 유비가 어려운 처지에 있을 때 그의 비범함을 알아보고 동고동락하면서 함께 난세를 헤쳐 왔으니까예. 하지만 그렇기 때문에 사실은 가치투자가 아닐 수도 있어요."

시작부터 뜻밖의 말에 준서가 끼어들었다.

"그렇기 때문에 가치투자가 아니라고?"

"그렇지. 아까 윤지 씨가 말했듯 가치투자는 저평가된 기업을 찾아서 그 기업이 시장에서 올바른 평가를 받을 때까지 중장기적으로 보유하는 거라고 했다 아이가. 하지만 그 부분이 가치투자에 대해 오해를 하기 쉬운 지점이라는 거야."

"어머, 그럼 용주 오빠가 생각하는 가치투자는 뭐에요?"

"하하, 내 생각이라기보다는 주변의 이야기를 그냥 옮겨주는 거니까, 아무튼."

용주는 이야기를 계속했다.

"워런 버핏을 비롯한 많은 월가의 투자자들이 가치투자를 얘기하지예. 그런데 사실 그런 사람들의 포트폴리오를 보면 그때그때 상황에 따라 유동적으로 달라져 있다는 것을 알 수 있습니다.

가치투자를 역설하는 사람들의 포트폴리오가 왜 유동적으로 달라질까예? 이것은 단순히 기업가치 하나만 보고서는 '좋은 주식 사두었으니까 이제는 이 주식이 오를 때까지 기다려야지.' 하면서 기다리기만 하는 그런 게 아니라는 것을 반증하지예. 즉, 가치투자를 하든 안가치투자를 하든 뭔 투자를 하든 주식에서 고려해야 하는 첫 단추는 시장의 큰 흐름을 읽는 것이 제일 중요하다 이 말입니더.

다시 말해가, 지금 시기가 투자자에게 우호적인가 아닌가 하는 것에 대한 판단이 무엇보다 우선되어야 한다 이 얘깁니더."

"아! 그러니까 형의 얘기는 기업가치보다 더 중요한 것은 시장의 큰 흐름이라는 거지?"

"맞다. 잘 생각해보자고. 니 솔직히 IMF 외환위기 터졌을 때 무너졌던 많은 회사가 다 나빠서였다고 니도 생각 안 한다 아이가.

그때도 사실 우량했던 회사들 많았는데 워낙 큰 쓰나미가 오니까 같이 쓸려 간 거거든. 물론, IMF는 좀 극단적인 얘기일 수 있겠지만 그게 아니라 해도 시장의 흐름이 이를테면 불황이어서 주가가 내려가는 추세라고 한다면 좋은 기업의 주가도 그 흐름에 휩쓸려서 떨어진다는 거지.

반대로 시장이 호황으로 뜨거워지고 있으면 막말로 쓰레기 같은 주식도 그 바람을 타고 훌쩍 올라가 버리는 거고. 다시 말하면, 회사의 본질적 가치를 보는 것은 정말 중요한 일이긴 해도 그보다 우선되어야 할 것은 시장의 흐름이 어떠한가를 간파하는 것이 더 중요하다는 거야."

"아, 맞아. 형 말을 들으니까 지난번 전공시간에 교수님이 잠깐 했던 얘기가 생각나네. 주식시장에 상장된 각 기업의 주가라는 것은 기업과 기업끼리 그리고 시장과 기업끼리 서로 상관관계를 이루며 영향을 미친다는 말씀이었어.

그러니까 만약, 주식시장 안에서 A라는 회사의 주가가 형성될 때 그것이 다른 외부적 요소에 영향을 받지 않고 형성된다면 그 것은 독립사건이 되기 때문에 투자자는 A라는 회사의 가치만 파악하면 되겠지만 그게 아니라 다른 요소들과 서로 영향을 주고받으면서 주가가 형성된다면 이 경우는 주식시장 전반의 분위기 파악이 매우 중요해질 수밖에 없다는 그런 말이네."

커피를 마시며 이야기를 듣고 있던 윤지가 잔을 내려놓으며 말을 보탰다.

"지금 두 사람이 하는 얘기를 듣고 있으니까 나도 뭐 하나 생각났어요. 주식 차트라는 것은 시장에 대한 인간의 심리가 반영되는 것이니까 당연히 사람들이 시장 상황을 어떻게 생각하는지 그 분위기를 파악하는 건 필수가 되겠네요.

가령, 경제가 호황기가 되면 가치 있는 A급 기업부터 주가가 먼저 오르기 시작하겠죠. 그러면 사람들은 처음에는 그 기업의 주식을 열심히 사 모으죠.

하지만 그 기업의 주가가 일정한도 이상 상승하게 되면 이제는 심리적으로 그 기업에 대한 매력이 떨어지면서 기업 가치는 그것만 못하지만, 가격이 아직 낮은 상태에 있는 B급 기업들에 투자금이 몰리는 거죠.

그리고 B급 기업이 어느 정도 오르면 그 다음에는 C급 기업으로 몰려들 테고. 결국, 이런 과정들이 계속되니까 시장 상황이 좋을 땐 아까 용주 오빠가 말했듯이 쓰레기 같은 기업들의 주가마저도 오르게 되는 거죠."

"맞아예, 윤지 씨. 내릴 때도 비슷하겠죠. 처음에는 버티다가 점점 공포감이 들기 시작하면서 급하게 팔기 시작하는 거지예.

그런데 주가가 급락할 때 사람들이 공통적으로 범하는 실수가 하나 있어예.

그게 뭐냐면요, 종합주가지수가 막 떨어지기 시작하면서 자기가 가진 주식들이 계속 하락세를 보이면 대부분 사람이 자기 주식 중에서 수익이 나고 있는 거부터 판다는 거죠.

그리고 손실이 나고 있는 주식은 더 보유하다가 결국 버티지 못하고 그것들도 정리하면서 손을 털게 되지예.

근데요, 바로 이게 잘못된 거라는 겁니더. 시장 상황이 개판이라 대부분 기업이 주가폭락을 보이는 와중에도 수익이 나고 있다는 건 그것은 오히려 아주 좋은 주식이라는 거죠.

그러니까 악조건 속에서도 수익이 나는 기업들의 주식은 장기

보유를 감안해봐야 된다는 거예요. 그런데 보통 거꾸로 해버리죠. 마음이 급하니까 수익 나는 주식 먼저 다 팔고, 그리고 역설적으로 가치 없는 주식들을 장기 보유한다는 거죠.

물론 그마저 더 떨어지고서 파는 게 대부분이지만. 이건 뭐, 가치투자가 아니라 역가치투자가 맞겠네예. 그래서 주가가 하락할 때 마음을 다잡고 냉정하게 분석해야 하는 겁니더. 그러지 않으면 슬프게도 자신의 포트폴리오는 그냥 쓰레기들만 담겨있는 그런 휴지통이 된다 이 말입니더."

준서와 윤지는 함께 고개를 끄덕였다. 장광설을 늘어놓은 용주는 와플을 우걱우걱 먹으면서 알바생에게 손짓을 해 와플 몇 개를 더 가져오게 했다.

"근데 용주 형. 아까 형이 말했던, 관우가 유비에게 한 것이 가치투자가 아닐 수도 있다는 그 말이 그럼…"

준서가 미처 말을 끝내기 전에 용주가 답을 하기 시작했다.

"그러니까, 관우는 정치적으로 분명 유비라는 인물에게 가치투자를 했겠지. 하지만 그것이 주식시장에서의 가치투자와 완전히 똑같은 건 아니라는 거지.

아까도 말했지만, 주식시장에서의 가치투자라는 것은 시기적 상황도 보아야 한다고 했제? 관우는 유비라는 사람의 인물 됨됨이 그거 하나만 보고서는 그 외에 별로 가진 것도 없던 그에게 자신의 삶을 밑천 삼아 투자한 거지. 그것도 그야말로 엄청 장기적으로 말이지.

그런 게 정치적 가치투자로서는 하나의 방법일 수도 있겠지만, 주식시장의 가치투자로서는 너무 오랜 시간을 인내해야 하므로 개미투자자가 실천하기에는 불가능하다는 거야."

이때, 알바생이 와플을 더 가져왔다. 용주는 반가운 표정으로 그것을 집어먹으며 커피로 목을 축였다.

"윤지 씨, 더 드세요."

"아, 네. 호호. 용주 오빠. 그런데 오빠 얘기가 참 재미있어요."

"아, 그래요? 헤헤 고맙심더. 그럼 하던 말, 마저 더 할까예?"

"빨리 해 주세요."

용주는 윤지의 칭찬에 기분이 들뜨기 시작했다.

"유비는 삼국지의 다른 영웅들보다 늦게 기반을 잡았지. 그전까지 계속 떠돌아다녔거든. 본인도 그런 자신의 팔자를 때론 한탄하기도 했고. 나중에 제갈량을 만난 뒤에나 비로소 조금씩 풀리기 시작해서 기반을 잡기 시작한 건데…"

여기까지 얘기하던 용주는 스마트폰을 꺼내 들고 무언가를 검색했다.

"여기 있네. 내가 지금 찾아보니까 유비가 제갈량 만나려 삼고초려 했을 때가 제갈량 나이 27살, 유비 나이 47살로 뜨거든. 즉,

유비는 이때까지도 주가가 오를 기미조차 없었던 거지.

자, 그러면 개미투자자가 어떤 기업이 저평가된 우량주라고 생각하고 사두었는데 한참을 기다려도 주가가 오르지 않으면 그걸 계속 들고 있을 수 있겠느냐는 거지. 아까 우리도 말했지만, 어느 순간 경제 상황이 안 좋아지면 그 회사 주식도 떨어질 확률이 훨씬 높아질 거 아냐.

아무리 회사가 탄탄하다고 해도. 결국, 회사에 대한 믿음은 고사하고 내려가는 주가를 보면서 계속 스트레스만 쌓일 뿐이지. 물론, 워런 버핏, 피터 린치 뭐, 이런 사람들은 기다릴 수 있을 거야. 왜냐면, 걔네들은 그거 말고도 쓸 수 있는 돈이 넘쳐나니까. 하루하루 조마조마한 개미들과는 달리 끼니때마다 밥 맛있게 먹을 수 있는 거지. 와인도 곁들이면서.

그리고 걔네들이 사둔 그 우량한 회사의 주식은 결국 다시 오르게 될 테고 말이야. 즉, 걔네쯤 되면 10년이고 20년이고 간에 세월아 네월아 하면서 장기 보유할 수 있지.

근데, 생활비 쪼개서 주식에 투자하는 일반 개미들은 그게 안 된다는 거야. 그 돈이 훗날 자기 자식 대학 등록금이 되고, 자기 노후에 쓰고 하는 건데, 아니면 수익 나는 대로 당장 생활비에 보태야 한다든가 뭐, 그런 성질의 돈인데 어떻게 주식에 넣고 장기적으로 주야장천 기다리고 앉아 있겠어? 턱도 없는 소리지."

이때, 준서가 물었다.

"근데, 형. '명장 관우' 보니까 조조가 관우는 '양의 탈을 쓴 늑대들, 즉, 유비와 공명에 의해 죽어갔다.'고 했는데 이거는 무슨 얘기야?"

"아, 그거. 영화 '맹장 관우'에서는…"

용주가 답하려던 찰나 준서가 끼어들었다.

"형, 맹장 관우가 아니라 '명장 관우!'"

"그래, 인마. 맹장 관우."

준서와 윤지는 재미있다는 듯 함께 웃었다.

"으흠. 명, 장, 관, 우. 아무튼, 그 영화의 관점에 따르면 관우는 심지어 유비라는 인물 자체에 대한 파악도 잘 못 한 것일 수도 있다는 걸 암시하지. 즉, 유비는 의뭉스러운 기회주의자로서 겉으로는 인과 의를 내세우지만 속으로는 자신의 정치적 야망을 위해 아주 잔인해질 수도 있는 그런 인물로 해석되고 있는 거야.

그런 해석이 왜 나오느냐면, 그 당시 형주 땅을 지키던 관우는 조조의 위나라로 진격하기 위해 전쟁을 시작했거든. 관우의 군대는 번성을 공략하며 연전연승을 했고.

하지만 형주 땅을 지켜야 했기에 많은 군사를 형주에 남겨 놓고 있었어. 이런 판세를 보고 있던 오나라의 손권은 여몽에게 관우가 위나라와 전쟁하는 틈을 타서 형주 땅을 취하라 명령하지.

하지만 여몽은 관우가 여전히 형주에 많은 군사를 두었을 뿐 아니라 봉화를 세워 급변사태를 실시간으로 전할 수 있게 방비를 해두었기에 쉽사리 공격하지 못하고 있었어.

이때, 아직은 그 이름이 알려지지 않았던 오나라의 젊은 인재 육손이 계책을 내지. 손권은 그의 계책에 따라서 여몽을 불러들이고 무명의 육손을 편장군 우도독으로 하여 여몽의 중책을 잇게 하지.

그냥, 이렇게 인사이동 시키면 다들 뭔가 이상하다고 눈치채니까, 여몽이 몸이 엄청 아프다는 거짓 선전을 펼치는 것도 잊지 않고 열심히 해두었지. 왜냐면, 여몽은 엄청 유명한 네임드였지만 육손은 듣도 보도 못한 듣보잡이었거든.

어쨌든, 육손은 육구를 지키기 위해 배치가 되자마자 관우에게 지극히 비굴한 편지와 더불어 많은 예물을 보내지. 뭐, 내용은 이런 거야. '자기는 명령받아 여기 왔을 뿐 감히 관우 장군님과 싸울 능력도 의사도 없으니 부디 귀엽게 봐주세요.' 하는 그런 식이지. 그렇게 해서 관우를 방심시키려 한 거야. 관우는 드디어 하늘이 자신을 돕는다고 생각하고 형주의 군사들을 번성공략에 배치하지.

결국, 육손의 계책대로 형주는 비어있는 땅이 된 거야. 오나라 군사들은 장사치로 변장하여 배를 타고 봉화로 가서 '풍랑을 만나 이곳에서 좀 피하겠다.'는 거짓말로 수비병들을 방심시킨 뒤 밤이 깊었을 때 본색을 드러내 봉화대를 쉽게 점령하고 그것을 무력화시키지.

여기까지 얘기하면 그 다음 내용은 말 안 해도 알겠제? 오나라 군사들은 형주까지 쉽게 먹어버려. 오나라 군사들이 형주의 성문 앞에 섰을 때는 성문이 그냥 열렸거든.

왜냐고? 봉화가 오르지 않았잖아. 성문을 지키던 군사들은 자기편 군대가 온줄 알고 문을 열어 버린 거지. 그렇게 형주 땅은 오나라 땅이 된 거야."

준서와 윤지는 귀담아듣고 있었다. 이제는 커피와 와플은 아예 잊고 있는 듯했다. 그만큼 용주의 삼국지 얘기에 심취하고 있었다. 이때, 준서가 무언가 생각난 듯 말했다.

"형 얘기를 듣다 보니까, 진짜 유비랑 제갈량의 행동이 뭐 좀 이상하네. 분명히 전쟁 상황을 자신의 정보원들을 통해서 파악하고 있었을 텐데 왜 그렇게 가만히 있었을까? 지원군 한 번 안 보내고?"

"내 얘기가 바로 그거야. 삼국지연의를 보면 마치 유비와 제갈량에게 전쟁에 대한 정보가 뒤늦게 도착하는 것처럼 되어 있지만 사실 요즘같이 실시간은 아닐지라도 정보원들을 통해서 이미 전선의 흐름을 계속 파악하고 있었다고 봐야 그게 더 자연스럽지 않을까?

더구나, 육구를 지키는 인물이 여몽에서 육손으로 바뀌었다는 그 부분에서는 다른 사람은 몰라도 제갈공명만큼은 오나라 애들이 관우를 향해 권모술수를 부리기 시작했다는 것을 모를 리가 없다는 거야. 그런데 여기에 대해 주의하라는 편지 한 장 관우에게 보내지 않고 가만히 있었다는 것은 뭔가 석연치 않은 점이 느껴지는 거지."

"어머, 그러면 관우의 죽음이 유비와 제갈량의 철저한 외면 속에서 이뤄진 거라는 거예요?"

"오면서 윤지 씨가 봤던 영화 '맹장 관우'는 최소한 그런 견해를 제시한 거죠."

"형, 맹장 관우가 아니라 '명장 관우.'"

"그래, 인마. 명, 장, 관, 우."

이런 장난은 할 때마다 재미있다는 듯 준서와 윤지는 또 웃었다.

"그래서 그 영화 대사의 마지막에 조조가 그렇게 말하는 겁니다. '관우는 양의 탈을 쓴 늑대에 의해 죽어갔다. 유비와 제갈공명.'이라고 말입니다."

"그럼, 왜 유비와 제갈량은 관우를 죽여야만 했을까?"

"사실, 그 부분이 이제 여러 가지 논란을 낳는 부분이지. 지금까지의 흐름이 맞다고 친다면 네 말대로 왜 그랬냐가 중요해지거든.

사실, 제갈량은 의외로 쉽게 납득되기도 해. 왜냐면 제갈량과 관우는 서로 치열한 정치적 라이벌이었거든. 서로의 입장도 그럴 수밖에 없는 입장이기도 하고.

왜냐면 제갈량은 문신들의 대표이고 관우는 무신들의 수장이니까 두 집단을 상징하는 보스끼리 쉽게 가오 떨어지는 행동은 할 수 없지. 그러다 보니 서로 뻣뻣하게 지냈을 수 있어. 그런 갈등이 깊어지다 보면 그런 식의 정치적 함정을 팔 수도 있는 거지.

그러나 유비는 좀 생각을 해 봐야 해. 왜, 의형제를 맺은 동생을 버려야 했는지. 일단, 첫째는 제갈량과 비슷한 이유가 있을 수 있어. 즉, 언제부턴가 관우라는 거인이 많이 부담스러워진 거지. 장비만 해도 싸움은 잘하지만, 글을 덜 읽었기 때문에 좀 컨트롤하기가 쉬울 수 있어.

근데 관우는 싸움도 잘하고 글도 좀 읽다 보니 유비조차 핸들링하기 쉽지 않을 정도의 카리스마를 가지게 됐을 수 있지. 백성들이 얼마나 '관우!', '관우!' 하면서 칭송했겠어?

그러다 보니, 분명 자기가 형인데 아우한테 명령하기에 눈치가 보이는 뭐 그런 애매함? 그리고 솔직히 관우를 향한 백성들의 지지가 더 커지면 언제나 자기 밑에 있으리라는 법도 없고.

그 다음 둘째는 유비의 머릿속에서 천하를 통일하기 위한 전략이 그전과는 달라졌을 수 있지. 지금까지의 통일 전략은 오나라와 동맹하여 강대한 위나라와 맞서 싸운다는 것이었거든.

근데, 언제부턴가 유비의 마음속에서 그것이 바뀐 거지. 즉, 한중왕이 된 유비는 촉나라의 강대해진 군사력을 보면서 오나라쯤은 쉽게 이길 수 있다는 자신감이 커져 버린 거야.

그래서 오나라와의 연합이 아니라 오나라를 먼저 멸망시켜서 그 지역의 풍부한 자원과 천연 요새를 수중에 넣은 후 위나라와 승부를 내는 거지.

실제로 유비는 관우의 복수전을 한다고는 했지만 바로 시작하지는 않았거든. 관우가 죽고 이듬해 조조가 병으로 죽었는데 조조가 죽은 뒤 그 권력이 조조의 아들 조비에게 가는 과정에서 내부적으로 분주해진 위나라의 속사정 때문에 외부에 신경 쓰지 못하는 틈을 타서 오나라를 공격하지. 즉, 유비로서는 오나라를 먹을 수 있는 절호의 찬스가 되는 거야. 장기 말 하나 버리고 드넓은 지역을 차지할 수 있다면 유비로서는 남는 장사인 거지.

그런데 이 가설이 성립하려면 한 가지 전제조건이 필요하거든. 바로 조조의 몸 상태. 즉, 조조가 살날이 얼마 남지 않았다는 것을 유비가 알고 있었어야 한다는 건데 이게 사실은 불가능하다 아이가. 언제 죽을지 어떻게 알겠노?

정확하게는 모를지라도 추측이 가능한 여지가 있기는 있지. 바로, 조조의 편두통. 조조는 원래부터 편두통을 지병으로 앓고 있던 사람이거든.

삼국지연의에서도 화타가 조조를 진료하고 내린 처방이 도끼로 뇌를 쪼개어 뇌 주머니에서 바람을 뽑아내야만 완전히 병의 뿌리를 뽑을 수 있다는 거였거든.

이 말을 들은 조조는 화타가 한때 길평처럼 의술을 빙자해서 자신을 죽이려 든다며 화타를 옥에 가둬버렸지. 10여 일쯤 지나 화타는 옥에서 죽었고.

어쨌든, 조조가 지병이 있었다는 부분을 감안한다면 대략 정보원들을 이용하여 상태파악을 어느 정도 할 수 있었을지도 모르지. 정확히 언제라는 것까지는 알 수 없지만, 사람이 맛이 가고 있다 없다 정도는 파악될 테니까. 윤지 씨, 내가 말을 너무 많이 했지예? 헤헤헤."

"아니에요. 재미있어요. 근데요, 용주 오빠, 그러면 오나라를 칠 명분을 일단 하나 잡아두는 데 있어서 굳이 그것이 관우의 목이어야 했을까요?"

"맞아예. 사실 전쟁 하겠다는 데 꼬투리 잡을 것들은 이 밖에도 많이 있을 수 있지예. 그런데 아마도 유비 역시 관우의 목 정도는 내놔야 오나라랑 전면전을 펼칠 수 있었을 겁니다.

왜냐면, 촉나라 내부에서 반대하는 목소리가 컸을 테니까요. 물론 관우의 죽음을 논하는 데 있어서 우리가 제갈량을 공범으로 지목하고는 있지만, 어쨌든 제갈공명만 해도 촉나라와 오나라가 연합해서 위나라를 먼저 치고 그 다음 천하를 놓고 오나라와 결전을 벌인다는 것이 일관된 입장이었거든예. 조자룡도 그랬고.

그러니까, 유비가 오나라와의 전면전을 선포할 때, 웬만한 명분 가지고는 여러 중신을 설득시키기가 어려울 수도 있다는 거죠.

게다가 아까 우리가 가정했던 첫 번째 이유, 즉 관우의 카리스마가 유비를 압도하기 시작했다는 부분까지 겹쳐지면 이래저래 유비가 이런 정치적 결정을 내릴 가능성도 있는 거죠."

"그러니까 그 영화에서 손에 피를 묻힌 늑대는 손권이지만 손에 피를 묻히지 않고 관우를 죽인 늑대들은 유비와 공명이라는 해석이 가능한 이유는 형이 지금 말한 그런 정황들 때문이라는 거네?"

"그렇지. 영화의 해석을 받아들이고 생각해 보자면 이런 근거들을 찾을 수 있다는 거지. 만약, 그렇다면 관우는 정치적 가치투자도 실패한 거 아니겠나. 믿을 만한 사람과 아름다운 도원결의를 맺은 것이 아니라 음흉한 사람에게 이용당한 게 되니까.

그런데 이거는 한 가지 해석일 뿐이야. 솔직히 갑자기 유비를 되게 나쁜 사람으로 몰아가는 것도 내는 별로 바른 해석으로 보지는 않거든.

사실, 관우의 성격도 자부심을 넘어 나르시시즘적 자만심까지 가지고 있었다는 얘기도 있고. 그렇다고 본다면 유비와 관우 사이에 우리가 알 수 없는 어떤 복잡한 그들만의 심리적 기류들이 흐르고 있었겠지.

아무튼, 골치 아픈 얘기는 그만하고, 윤지 씨, 회 좋아합니꺼? 우리 가게 바로 옆에 칠성횟집 있는데 거기 알지예? 세꼬시로 유명한 집. 거기 가서 회나 먹읍시더. 소주로 목도 축이고. 나의 긴 얘기를 들어준 윤지 씨한테 세꼬시 쏠게요."

"어머, 우리가 물어봐서 답해주신 거잖아요. 재미있게 잘 들었어요, 정말. 호호호."

"준서야, 빨랑 나온나, 가자!"

셋은 가게를 나와 세꼬시 집으로 향했다. 준서의 귀에 선명하게 들리는 광안리 바다의 파도소리는 준서에게 시원한 청량감을 주고 있었다. 유비, 조조, 관우, 제갈량 등등 이런 사람들의 치열했던 전쟁도 지금은 잔잔한 바다 아래서 잠자고 있는 그저 옛날 이야기일 뿐이다. 바다는 수많은 전설 위에서 오늘도 유유히 흐르고 있었다.

7

겁쟁이 사자, 용감한 사자

용주가 사주는 저녁을 먹은 두 사람은 어느덧 서울로 향하는 KTX 열차를 타고 있었다. 하루 동안의 여행이긴 했지만 두 사람에게 은근한 피로감이 찾아오는 듯했다.

"너희 사촌 오빠, 되게 재미있으시더라. 회도 맛있었고."

"그래?"

"우리 다음에 또 오자. 그때는 바이킹도 좀 더 타고."

"어, 그, 그럴까?"

준서 역시 다시 놀러 오는 데에는 찬성하긴 했으나 멈추지 않는 바이킹을 또 타야 할지도 모른다는 것은 은근히 공포감을 주었다.

기차는 서울을 향하여 힘차게 달리고 있었다. 시간이 좀 흐르자 준서와 윤지는 자신들도 모르게 스르르 눈을 감고 잠에 빠졌다. 준서는 꿈을 꾸었다.

꿈속에서 준서는 윤지와 함께 어떤 길을 걸어가고 있었다. 주변은 약간 어둑어둑했고 주위는 꽤 한적한 곳이었다. 준서는 윤지와 함께 그 길을 걷고 있었는데 저쪽 멀리서 무언가 반짝이는 것이 보였다.

"가 보자!"

준서는 윤지에게 말함과 동시에 그곳으로 성큼성큼 걸어갔다. 가까이 가보니 태양이었다. 하늘에 걸려 있어야 할 태양이 땅에 떨어져 있었던 것이다. 준서가 윤지에게 말했다.

"아, 이게 여기 있어서 좀 어두웠구나. 제자리에 걸어 놔야겠다."

윤지가 준서에게 대답했다.

"그럼, 네가 좀 갖다 놓고 와. 나는 먼저 가서 기다리고 있을게."

그리고 윤지는 가던 길을 계속 걸어갔다.

준서는 태양을 머리 위에 이고는 길 옆에 있던 산을 오르기 시작했다. 드디어 정상에 다다랐고 준서는 태양을 하늘 위로 힘껏 던졌다. 그 태양은 부드러운 곡선을 그리며 날아가 하늘에 걸리더니 세상을 점점 환하게 비추기 시작했고 뿌듯해진 준서는 다시 윤지에게로 가기 위해 산에서 내려오고 있었다.

여기까지가 준서가 잠깐 동안 꾸었던 꿈의 내용이었다. 눈을 뜬 준서는 주위를 둘러 보았다. 열차는 여전히 열심히 달리고 있었다. 옆자리를 보니 윤지도 졸고 있었다. 잠깐 있으려니까 윤지도 눈을 떴다. 그리고 준서에게 말하는 것이다.

"준서야, 나 꿈꿨어."

"꿈? 나도 방금 꿈꿨는데."

"정말? 무슨 내용이었는데? 네가 먼저 말해봐."

준서는 자신의 꿈 이야기를 해주었다. 그 이야기를 들은 윤지는 깜짝 놀랐다.

"어머, 어머. 똑같애, 나랑."

"너도?!"

준서도 꽤 놀랐다.

"응, 그런데 마지막 부분은 너랑 좀 달라. 네가 꿈속에서 나한테 '태양을 제자리에 걸어 놓겠다.'고 했잖아. 그래서 나는 그렇게 하라고 하고 먼저 길을 떠났잖아.

그리고 난 쭉 그 길을 계속 걸어갔어. 한참을 걷다 보니까 새하얀 집이 나오는 거야. 하얗고 예쁜 집이었어. 나는 그곳으로 들어갔지. 그리고 집 안에 있는 하얀 의자에 앉았어. 그 의자에 앉아 창밖을 바라보니까 천천히 날이 밝아오고 있더라.

그래서 속으로 생각했어. '아, 준서가 태양을 하늘에 걸었구나.'라고 말이야. 그리고 난 네가 '이제 곧 집으로 오겠지.'라고 생각하며 기다리고 있었어. 하얀 의자에 앉아서. 그런데 마음이 그렇게 편할 수가 없더라고. 게다가 그 의자는 정말 편안했어."

준서는 놀라는 표정으로 윤지를 멍하니 쳐다봤다.

준서가 물었다.

"이게 무슨 꿈일까?"

"너랑 나랑 결혼하는 꿈?"

윤지의 장난 섞인 대답에 준서는 웃음이 나왔다.

"크크크."

"아, 이럴 때 마법사 같은 사람 있어서 물어보면 딱 좋겠다. 오즈의 마법사."

"그러니까."

윤지가 말했다.

"준서야. 너 오즈의 마법사가 그냥 동화가 아니라 그때 당시의 사회적 상황을 묘사하는 이야기라는 거는 알고 있어?"

"그래? 어릴 적 만화로만 봐 가지고 그런 내면적 의미가 있는 줄은 몰랐는데?"

"그거, 프랭크 바움이라고 하는 기자가 쓴 이야기야. 도로시(Dorothy)는 미국의 전통적 가치를 의미하고, 토토(Toto)는 금주주의당(절대금주의자), 허수아비(Scarecrow)는 농부들을 뜻하고, 그리고 양철 나무꾼(Tin woodman)은 산업 근로자들, 겁쟁이 사자(Cowardly lion)는 윌리엄 제닝스 브라이언(William Jennings Bryan), 먼치킨(Munchkins)은 동부 사람들."

윤지는 잠깐 멈추었다가 다시 기억을 더듬으며 말을 이었다.

"사악한 동쪽의 마녀(Wicked witch of the East)는 클리블랜드(Grover Cleveland), 사악한 서쪽의 마녀(Wicked witch of the West)는 맥킨리(William Mckinley), 마법사(Wizard)는 공화당 의장 한나(Marcus Alonzo Hanna), 오즈(Oz)는 금의 무게를 재는 단위인 온스의 줄임말이고, 도로시 일행이 따라 걸어가는 노란 벽돌길(Yellow brick road)은 금본위제도를 의미해. 그리고 에메랄드 시티의 에메랄드는 달러의 색깔을 묘사한 거고."

"아, 그런 뜻이 있구나."

준서는 내심 윤지의 박식함에 감탄하며 다시 물었다.

"바움은 왜 그런 이야기를 썼대?"

"바움이 오즈의 마법사를 쓴 이유는 미국의 화폐제도를 금본위제뿐만 아니라 은도 금처럼 화폐로 통용되어야 한다는 주장을 하기 위해 판타지 이야기로 재미있게 풀어쓴 거래."

준서는 아까 부산역 앞에서 샀던 '부산오뎅'을 봉지에서 꺼내 오물오물 먹고 있었다. 이를 본 윤지가 부드러운 목소리로 물었다.

"혼자 처먹니?"

"아! 크크크"

준서는 봉지에서 오뎅을 꺼내 얼른 윤지에게 주었다. 윤지가 계속 말했다.

"1880~1896년 사이 미국의 물가는 무려 23%나 하락했어. 물가가 하락했다는 것은 돈의 가치가 상대적으로 엄청 높아졌다는 것을 뜻하고 시기적으로 불황이라는 것을 의미하지. 다시 설명하자면, 돈의 가치가 상대적으로 엄청 떨어져 지급해야 할 물건값이 비싸지면 인플레이션, 돈의 가치가 엄청 높아져 지급해야 할 물건값이 싸지면 불황이잖아. 그렇지? 이해 가니? 준서야?"

준서는 고개를 가로저으며 열심히 오뎅만 먹고 있었다.

"아니 그러니까, 네가 만약 500원을 들고 오뎅 가게에 갔어. 그래서 아줌마한테 물었지. '이 오뎅 얼마예요?' 그러니까 아줌마가 그거 '1,000원이야.'라고 말했어. 그랬더니 네가 '에이, 못 사 먹겠네.' 하고 그냥 오뎅 가게를 나간 거야.

오뎅은 그렇게 팔리지 않았어. 물건이 소비가 안 되는 상황인 거지. 다음날 너는 너의 전 재산 500원을 또 가지고 오뎅 가게에 갔어.

그리고 아줌마에게 물어보지. '아줌마, 이 오뎅 얼마예요?' 그 전날 오뎅 재고를 정리하지 못한 아줌마가 말하지. '응, 500원이야.' 너는 500원을 내고 맛있게 오뎅을 먹었어.

지금 내가 말하는 이게 불황의 상황을 묘사한 거야. 소비가 일어나지 않으니까 물건의 가격은 싸지게 되는 거지. 대신 똑같은 오뎅을 과거에는 1,000원 주어야 했는데 이제는 그 절반인 500원만 주면 되니까 상대적으로 돈의 가치는 올라간 거고. 이제 이해 가니? 준서야?"

준서는 고개를 끄덕이며 역시나 오뎅을 먹고 있었다.

"혼자 처먹니?"

"아, 크크크크"

윤지도 오뎅을 먹으며 말을 이어나갔다.

"이러한 물가하락 그러니까 엄청난 불황은 당시의 미국인들에게 많은 고통을 일으켰지. 농민들은 서부에 많이 살았는데 이들은 동부의 은행들에 빚을 지고 있었어.

그런데 과도한 디플레이션이 계속되다 보니까 이들이 진 빚의 실질 가치가 점점 증가한 거야. 농민들은 결과적으로 더욱 가난해지고 은행가들은 더욱 부자가 된 거지.

쉽게 말해, 아까 오뎅 아줌마가 은행에 1,000원을 대출받아서 가게를 열 때는 오뎅 가격도 1개당 1,000원이어서 1개만 팔면 빚을 갚을 수 있다고 계산했는데 물건값이 떨어지면서 오뎅을 2개 팔아야만 비로소 1,000원을 갚을 수 있게 된 거야. 즉, 부채의 실질가치가 상승한 거지. 이해되지?"

준서는 고개를 끄덕이며 듣고 있었다.

"자, 그러면 증가한 돈의 가치를 어떻게 떨어뜨릴 수 있을까? 즉, 하락한 물건의 값을 어떻게 올릴 수 있느냐와 똑같은 질문이야."

"한마디로 경기를 살리려면 어떻게 해야 하느냐를 묻는 거잖아. 그렇다면 소비가 활발해야 물건값이 오를 테니까 결론은 시중에 돈을 더 풀어야 하겠네."

"빙고! 시중에 돈이 더 풀리면 돈의 가치가 하락할 거고 상대적으로 물건의 값은 오르게 되지. 그러면 500원으로 떨어졌던 오뎅을 다시 1,000원에 팔 수 있게 되는 거지. 그래서 그 당시에 나오게 된 주장이 금본위제뿐만 아니라 은도 화폐로 통용되도록 하자는 아이디어였어.

오즈의 마법사를 보면 도로시 일행이 노란 벽돌길을 따라가 드디어 오즈의 마법사를 만나잖아? 하지만 정작 그는 아무런 도움이 되지 못하지. 즉, 금본위제는 아무런 해결책이 안 된다는 뜻이야.

반면, 도로시는 자신이 신고 있는 은빛 구두 덕분에 캔자스의 자기 집으로 돌아오잖아? 결국, 바움은 은화야말로 이러한 위기에서 탈출하는 방법이라는 것을 제시한 거야. 이렇게 해야 농부들이 지고 있던 부채의 실질 부담이 다시 줄어든다는 거지.

그래서 이때 은화 자유주조를 주장한 대표적 정치인이 1896년 민주당 대통령 후보로 지명된 윌리엄 제닝스 브라이언이었어. 그는 대통령 후보 지명대회에 있었던 연설에서 '노동자들의 이마에 가시 면류관을 씌우지 마라! 인류를 황금의 십자가에 못 박지 마라!'라고 하는 호소력 있는 표현으로써 자신의 주장을 피력하지.

그런데 이 사람의 실천력은 좀 부족했는지 바움은 오즈의 마법사에서 브라이언을 겁쟁이 사자로 묘사했더라고. 결국, 브라이언은 대중들에게 크게 어필했음에도 불구하고 대통령 선거에서 공화당의 맥킨리 후보에게 패배하게 되지."

"그럼 은화 자유발행은 어떻게 된 거야?"

윤지는 짐짓 진지한 표정을 지으며,

"결론을 듣고 싶으면 지금 오고 있는 먹을 거 파는 아저씨한테 콜라 하나 사다 줘. 갈증 나."

때마침 열차의 통로를 통해 주전부리를 파는 아저씨가 지나가고 있었다. 준서는 얼른 콜라를 사서 윤지에게 건넸다.

"이런 것도 국가의 운명이라고 하는 걸까? 1898년 금광 업자들이 알래스카의 클론다이크강 근처에서 금광을 발견하게 돼. 그리고 기술의 발달로 캐나다의 유콘과 남아프리카의 금광에서도 금의 공급이 때마침 증가했고. 결국, 통화 공급이 늘고 물가가 상승하기 시작한 거지.

그래서 15년 만에 미국은 1880년대의 물가 수준으로 회복되었고 빚을 졌던 농부들은 그 빚을 갚기가 다시 수월해진 거야."

"아, 다행이네. 확실히 경제라는 건 적당한 주기를 가지고 상승과 하락이 왔다 갔다 해야 하는 것 같아. 너무 한쪽으로 치우치는 건 별로 안 좋은 듯."

"맞아, 사실, 그때 불황이 너무 극심해서 은화까지 금화처럼 화폐로 자유롭게 주조하자는 말이 나왔지만, 만약 돈이 너무 많이 풀려나가서 인플레이션이 극대화된다면 그것 역시 엄청난 고통을 일으키잖아. 지금 베네수엘라 같은 경우도 도둑들이 달러는 훔쳐가도 자기 나랏돈은 안 가져간다는 거 아냐. 돈이 돈값을 못해서."

"맞아, 그때 인터넷에서 보니까 어떤 사람이 와플을 지폐에 싸서 먹는 사진이 떴더라고. 돈이 돈값을 못해서."

"정말 그렇게 된다니까. 이렇게 화폐가치라는 건 상황에 따라 유동적인데 때로는 이런 것을 조장해서 돈을 버는 투기꾼들도 있는 건 잘 알지?"

"대표적으로 조지 소로스 같은?"

"어. 그러잖아도 소로스 얘기하려던 참이었어."

이쯤 되자 준서는 스스로 알아서 윤지에게 오뎅을 건넸다. 윤지는 오뎅을 한입 베어 물고는 콜라를 시원스레 들이켰다. 그리고 소로스의 이야기를 하기 시작했다.

"소로스는 그야말로 용감한 사자였어. 날카로운 이성, 절제할 줄 아는 감성, 그리고 필요한 순간 유감없이 발휘되는 냉정함. 그는 헝가리 출신의 유대인이었어. 학업은 영국에서 마쳤고, 그리고 미국으로 건너가 금융계에 뛰어들었어. 용감한 사자였던 그에게 금융계라는 것은 그야말로 자신에게 딱 맞는 게임판이었던 거지."

"오, 뭔가 멋있는데?"

"괜히 동경하지 마라. 너도 투기꾼 될라. 아무튼. 잘나가던 소로스는 독립하여 퀀텀펀드를 설립하고 화려한 성과를 계속 이어나갔어. 그러던 어느 날, 이 사자에게 괜찮은 먹잇감이 눈에 띄었지. 그것은 바로 파운드였어. 이 당시 영국은 유럽환율제도에 가입해 있었고 그래서 파운드화는 다른 유럽의 화폐와 연계되어 있었거든.

이런 제도는 좋은 점도 있겠지만, 단점도 많았지. 이를테면 유럽 각국은 경기 변동의 주기가 다를 텐데 환율이 서로 연계되어 있다 보니까 각 나라끼리의 화폐정책이 잡음을 일으킬 수밖에 없었던 거야.

그러니까 독일의 상황은 금리를 인상하는 것이 유리한 반면에 영국은 경기가 하락하는 추세여서 금리 인하를 통해 죽어가던 경기를 살려야 하는 즉, 서로 다른 입장이었던 거지.

그러나 영국의 파운드와 독일의 마르크 사이의 환율을 대등하게 유지해야 하므로 영국중앙은행은 오히려 독일을 따라 금리를 인상할 수밖에 없는 딜레마에 놓이게 된 거지. 당시 유럽에서는 독일의 경제규모가 가장 컸거든.

그래서 다른 국가들은 모두 독일 중앙은행의 눈치를 살펴야 했어. 이런 상황이 계속되니까 영국이 유럽환율제도에 여전히 남을 수 있을지에 대해 의심하는 사람들이 한 명, 두 명 생겨나기 시작했어.

물론, 영국 정부는 단호한 어조로 유로존의 일원으로 남아 있을 것이라고 공언하면서 그러한 의심의 불씨를 미리부터 꺼버렸지만 그럼에도 불구하고 꺼지지 않는 불씨가 있었으니 그것이 바로 조지 소로스의 퀀텀 펀드였던 거야.

퀀텀 펀드에서 일하고 있던 또 한 명의 금융천재 스탠리 드러큰 밀러는 각종 데이터를 분석했고 그 결과 파운드화는 가치하락을 피할 수 없다고 결론을 내리지. 여기에 격하게 동의한 것이 소로스였고."

"그러니까, 금리 인하를 통해 경기를 살려야 하는 영국이 유럽환율제도 때문에 오히려 금리를 인상해야 하는 입장이 되고 그렇게 되면 영국 경제는 악화가 심화하여 처음에는 견디겠지만 결국에는 영국 파운드화는 사람들로부터 신뢰를 잃게 되어서 그 가치가 폭락한다는 그런 거지?"

"그렇지. 화폐의 가치라는 것은 결국 그 나라의 국력을 반영하거든. 다시 말해, 내가 달러를 꺼내 보이며 네 앞에서 살랑살랑 흔들면 너는 '오, 달러 들고 다니니?' 하면서 좀 부러워할 거야. 그런데 내가 아까 얘기한 베네수엘라 화폐 꺼내 들고 살랑살랑 흔들면 넌 내게 '뭐 해? 파리 쫓는 중이야?'라고 말하며 하던 일 계속하겠지."

준서는 소로스처럼 격하게 동의했다. 윤지는 하던 얘기를 계속했다.

"소로스는 결국 영국이 유럽환율제도에서 계속 남아 있지 못할 것이라고 판단했어. 영국이 유럽환율제도에서 튕겨 나오게 되면 영국의 파운드는 그 가치가 절하되는 운명을 피할 수 없게 되지.

왜냐하면, 유로존에서 튕겨 나왔다는 사실 자체로 사람들이 영국 경제의 어려움을 확신하게 되는 것이거든. 그러나 만약 고집스레 끝까지 버티면서 독일을 따라 금리 인상을 계속해 나간다면 확장정책이 필요한 영국경제를 계속 긴축정책으로 졸라매게 되는 거니까 훨씬 더 큰 경제의 붕괴가 일어날 확률이 점점 더 커지는 거지."

준서는 윤지를 바라보면서 열심히 듣고 있었다. 윤지는 이런 준서를 보면서 약간은 엄숙한 표정으로,

"준서야. 들판에 큰 나무가 한 그루 있다고 생각해봐. 그런데 네가 가까이 가서 보니까 이 나무는 겉보기에는 멀쩡하지만, 그 안은 이미 썩어 있는 거야. 그래서 조금만 힘들여서 밀면 결국 쓰러질 수밖에 없는 상태라는 거지.

그때, 이런 내막을 잘 모르는 어떤 사람이 네가 맨손으로 나무를 쓰러뜨리는 모습을 본다면 그 사람은 너를 어떻게 생각할까? 무슨 어벤져스의 헐크쯤이나 된다고 흥분하며 추앙하겠지?

소로스는 바로 이런 생각을 한 거야. 어차피, 무너질 수밖에 없는 파운드화라면 자신이 적극적으로 무너뜨려서 영국의 중앙은행과 맞짱 떠서 승리한 남자로 역사에 기록되기로 한 거지. 그리고 오래지 않아 사나운 사자의 발톱은, 썩어서 흔들거리는 이 나무를 사정없이 갈겨대기 시작했지."

준서는 순간 마른 침을 꼴깍 삼켰다. 금융 정글의 사나움이 그의 가슴을 깊이 파고들었기 때문이다. 금융권에 진출한다는 것. 그것은 역시 어지간한 각오를 하고 덤빌 일은 아니라는 것을 다시 한 번 실감할 수 있었다.

"자, 그러면 환율 전쟁이 어떻게 이뤄지는 건지 얘기를 해줄게. 오뎅 아줌마 이야기처럼 쉽게 말이야."

준서는 온몸을 귀로 만들어 듣고 있는 듯했다. 그야말로 I'm all ears의 경지였다. 지금 이 순간, 그는 윤지의 얘기에 깊이 빠져들어 이미 그녀의 포로가 되어 있었다. 어쩌면 영혼까지도.

윤지는 부드러운 목소리로 설명하기 시작했다.

"백종원 알지? 요즘 인기 있는 국민 셰프. 그가 맛있는 케이크를 만든다고 생각해보자. 그러면 어떻게 만들어야 할까? 적정량의 밀가루와 적당량의 설탕이 필요하겠지. 그 두 개가 조화롭게 섞여 있어야 할 거야.

화폐도 적정량의 자국 화폐와 적당량의 외환이 시장에서 조화롭게 있으면 좋겠지. 쉽게 말해, '화폐시장에 적당한 자국의 돈과 적당한 달러가 함께 돌아다니면 좋다.' 이렇게 생각하면 돼.

그런데 백종원 씨가 밀가루와 설탕으로 케이크를 만들었는데 누군가 나타나서 케이크의 설탕을 많이 빼버리고 밀가루는 더 올려놓고 가버렸어. 그러면 케이크를 망치겠지?

이를 막기 위해 백 셰프는 얼른 밀가루를 좀 걷어내고 설탕을 다시 뿌렸지. 그랬더니, 아까 그 녀석이 와서 다시 밀가루를 좀 올려놓고 설탕을 빼가는 거야. 그래서 백 셰프는 다시 밀가루를 좀 걷어내고 설탕을 다시 뿌리지.

이러한 상황이 끝까지 가면 누가 이길까? 결국, 그 악동이 동원할 수 있는 밀가루와 백 셰프가 가지고 있는 설탕 중에서 누가 더 많이 가지고 있느냐에 따라서 승패가 갈리겠지.

여기서 백 셰프의 설탕을 외환보유고라고 생각하면 돼. 그리고 악동이 동원하고 있는 밀가루는 그가 공격하려는 그 나라의 화폐. 소로스로 치면 파운드. 어때? 감이 좀 오니?"

"오, 감이 완전 오는데?! 너 교수해라. 졸라 잘 가르쳐."

"크크, 그러면 본격적으로 소로스의 환율전쟁 얘기를 할게. 즉, 승패는 누가 자금을 더 많이 동원할 수 있는가로 이미 판가름나 있는 거야.

1992년 소로스는 드디어 행동을 개시했어. 파운드를 공매도하기 시작한 거지. 즉, 파운드의 공급량을 확대해 파운드의 가치하락을 이끌어내려는 시도이지. 아까, 케이크로 치면 그 케이크 위에 밀가루를 올려버리는 거야.

그리고 적극적으로 언론플레이를 했지. 각종 TV와 신문을 통해 파운드는 맛이 가기 시작했으니 가치가 더 하락하기 전에 얼른 팔아야 한다는 나팔을 불어 댄 거야. 이는 파운드라는 이름의 밀가루를 가지고 있는 다른 투자자들도 얼른 그 밀가루를 꺼내서 영국 케이크에 올리라는 얘기지. 그러면서 동시에 설탕은 빼 내가고 말이야.

소로스의 자금 동원력만 해도 어마어마한데 거기다 그의 나팔 소리에 반응하여 다른 사람들까지 파운드를 매도하기 시작했으니 이 물량은 어느새 천문학적 수준에 이르게 됐어. 파운드 가치를 유지하기 위해 영국중앙은행(영란은행)은 몇 주 만에 무려 500억 달러를 쏟아부어야 했으니까.

즉, 쏟아지는 밀가루 폭탄 속에서 케이크의 당도를 유지하기 위해 가지고 있던 설탕을 미친 듯이 소진한 거지. 이런 상황이 계속되면 영란은행은 외환보유고가 바닥날 수밖에 없겠지?

다시 말해, 동원할 수 있는 설탕이 바닥나면 케이크는 아무런 맛이 없어 누구도 거들떠보지 않는 그냥 버려지는 밀가루 덩어리가 될 거야.

'케이크'라고 하는 '화폐시장'에서 '설탕'인 '달러'는 모두 사라지고 '밀가루'인 '파운드'만 넘쳐난다면 파운드의 가치는 폭락하게 되는 거지.

영국은 이런 상황을 막기 위해 두 장의 카드를 꺼내 들지. 한 장은 금리 인상, 다른 한 장은 외환의 차입."

여기까지 이야기하던 윤지는 진지한 표정으로 듣고 있는 준서의 모습을 보면서 장난기가 발동했다. 그녀는 두 손을 올리면서

자신의 얘기에 심취한 준서를 향하여 목소리를 한 톤 높이며,

"할렐루야!"

이 소리에 준서 역시 목소리를 한 톤 높이며,

"아멘!"

"준서 형제, 구원을 믿는다면 Put your hands up!"

준서는 거의 자동으로 두 손을 머리 위로 올리고는 이내,

"교주님. 부처님이 잘 생겼나요? 부처핸섬?!"

"호호호호~!"

"하하하하~!"

어느새 둘의 만담 궁합도 척척 들어맞고 있었다. 기차는 어느 덧 대전을 지나고 있는 듯했다. 일정한 패턴으로 덜커덩거리는 기차의 신음마저 그루브한 비트의 드럼연주처럼 경쾌하게 느껴졌다. 윤지는 다시 소로스 얘기를 이어나갔다.

"일단 외환의 차입은 굳이 설명하지 않아도 이미 예상할 수 있을 거야. 즉, 설탕이 부족하니까 그것을 좀 빌려 오는 거지. 영국 재무성 장관 라몽은 파운드 환율의 안정을 위해서 150억 달러를 차입할 계획이라는 성명을 발표하지.

물론, 용감한 사자인 소로스는 그들의 위협에 쫄지 않고 환투기 공격을 계속 이어나가지. 어차피 어느 한쪽은 결국 피를 볼 수밖에 없는 치킨게임이 된 거야. 이제 와서 발을 빼기에는 걸어둔 판돈이 이미 눈덩이처럼 불어나 있는 거지.

그리고 아까 얘기한 영국이 꺼내 들 수 있는 또 한 장의 카드, 바로 금리 인상이지. 금리 인상이 왜 필요하냐면, 소로스라는 악동과 그에 동조하는 세력들이 지금 열심히 밀가루를 영국 케이크에 올리고 있잖아?

그런데 얘네들이 뻔뻔하게도 영국 빵집에 가서 밀가루를 빌린 뒤 그 밀가루를 영국 케이크에 올리고 설탕을 빼가고 있는 거야. 즉, 환투기 공격 세력들이 영국 은행에서 파운드를 빌려서 그 파운드를 들고 외환시장에서 달러와 교환해 가는 거지. 시장에는 파운드가 넘쳐나고 달러는 점점 사라지고 말이야.

그래서, 영국 은행은 금리 인상을 할 필요가 있는 거야. 그렇게 해야, 얘네들이 이자가 무서워서 함부로 파운드를 못 빌린다는 거지.

그러나 이런 카드는 부작용이 있지. 파운드에 대한 이자가 불어났기 때문에, 환투기 세력이 아닌, 파운드를 빌려서 사업을 하는 많은 기업가가 함께 고통을 받게 되지. 아까도 얘기했지만 사실 영국은 지금 금리를 인하해서 경제를 살려야 할 판인데 이렇게 금리를 대폭 올리면 영국 경제가 붕괴하는 건 그야말로 시간문제일 뿐이지. 결국, 얼마 지나지 않아 영란은행(영국중앙은행)은 파운드 방어를 포기하게 돼.”

윤지는 스마트 폰을 검색했다.

“1992년 9월 16일이네. 영국은 소로스의 생각대로 유럽환율제도를 탈퇴하고 파운드는 이제 자유변동환율로 바뀌게 되지. 영국 사람들은 바로 이날을 '검은 수요일'이라고 불러. 소로스를 비롯한 환투기 세력이 승리한 거지.

영국의 파운드화 가치는 빠르게 하락했어. 더 이상 영란은행이 파운드 방어를 해주지 못하니까. 그리고 아까 영국 빵집에서 밀가루 빌려다가 영국 케이크에 올린다고 말했잖아?

그런 짓을 열심히 해댄 환투기 세력들은, 가치가 하락한 파운드를 손쉽게 갚고서 전쟁터를 웃으며 떠났지. 왜냐하면, 지금 파운드는 돈이 돈값을 못하니까 적은 달러로도 많은 파운드와 교환할 수 있거든. 즉, 그들이 빌린 파운드는 아주 적은 달러로도 충분히 갚을 수 있게 된 거지.

다시 말하면, 달러를 많이 가진 세력은 부자가 되고 파운드를 많이 가지게 된 세력은 가난해진 거다 이런 얘기지. 그리고 결국 소로스는 영란은행과 맞짱 떠서 이긴 남자가 된 거고."

얘기들을 나누다 보니 어느덧 서울역에 도착했다. 둘은 내일 보자는 인사와 함께 헤어져서 각자의 집으로 향했다. 집으로 돌아온 준서는 샤워한 뒤 자기 방 의자에 앉아 곰곰이 생각했다.

'환투기 공격으로 큰 이득을 챙긴 소로스를 어떻게 봐야 할까?' 소로스는 분명 평범한 사람은 아니다. 그의 성공 신화 그 자체가 이미 그런 것을 말해 주지만 특히 준서가 인정하지 않을 수 없는 부분은 그는 영국의 엄포에 주눅이 들지 않고 공격을 계속 밀어 붙였다는 점이다.

자신이 소로스와 같은 입장이라고 가정하고 영국 은행이 자신을 향하여 금리 인상과 150억 달러의 외환 차입으로 대응하겠다고 했다면 과연 그 지점에서 본인의 의지를 끝까지 관철할 수 있을지 확신이 들지 않는 것이 솔직한 준서의 심정이었다.

준서는 자연스레 핸드폰을 들고 그 남자에게 전화를 걸었다. 준서의 해결사.

"여보세요, 영준이 형?!"

"왜, 인마. 왜 또 이 밤에 형 바쁘신데 전화를 해?"

"형 또 데이트해? 야밤에?"

"에휴~, 생각을 좀 해봐. 내 자취방 맞은 편이 그녀의 자취방이야. 이젠 데이트가 아니라 일상이라고. 그녀와 나와의 일상. 응? 그러니 형의 일상을 방해하지 말아줘."

"형, 잠깐만 소로스 알아?"

그러면서, 준서는 윤지에게 들었던 이야기를 압축하여 영준에게 하였다. 그러나 사실 영준도 이미 잘 알고 있는 이야기임이 틀림없을 터였다.

"형, 그런데 소로스가 대단한 건 알겠는데 이렇게 환투기 공격하고 하는 건 나쁜 거 아냐?"

"그러니까, 네가 내게 전화한 것은 결국 소로스가 착한 앤지 나쁜 앤지 판단해달라는 거지?"

"뭐, 말하자면…."

"내가 볼 때 넌 말이야, 생각이 너무 많아. 소로스가 나쁘든 착하든 넌 그냥 금융권에 진출해서 일하면 되는 거야. 뭘, 그리 고민해. 왜, 그게 나쁜 일이 아니면 너도 이담에 돈 많이 벌어서 소로스처럼 먹잇감 사냥하고 다니려고?"

"크크, 아놔~! 그렇게 되나? 아무튼, 형의 생각을 좀 말해줘 봐."

"글쎄, 분명히 환투기를 잘하는 짓이라고 막 부추기고 할 수는 없을 거야. 경제가 무너진다는 건 그 피해를 보는 사람들이 존재한다는 거거든.

투기를 조장하는 지네들이 공격하다 실패해서 피를 흘리는 거야 상관없지만, 지네들의 전쟁 결과에 따라서 다른 경제 구성원들이 피해를 보는 건 그야말로 고래 싸움에 억울한 새우 등 터지는 격이지.

그런데 말이야, 네가 말한 소로스와 영란은행과의 싸움은 이후의 결론이 좀 역설적인 데가 있어."

준서는 역시 영준에게 전화를 잘했다고 생각했다.

"영국은 사실 금리 인하를 통해 경기를 살려야 하는 입장이었음에도 불구하고 유럽환율제도에 가입되어 있었기 때문에 그렇게 하지 못하고 주저 주저하고 있었지.

이때, 소로스가 나타나서 영국을 확 밀어버린 거야. 결국, 영국은 유럽환율제도에서 튕겨 나와 자유변동환율로 바꾸게 됐고 파운드는 절하되었지.

그래서, 영국은 어떻게 됐을까? 다시 경제가 살아났어. 즉, 파운드의 절하로 잠깐 쪽팔리긴 했지만, 오히려 그 덕분에 수출과 국내투자가 모두 살아나 경제가 빠르게 회복됐지.

심지어, 소로스와 환율전쟁을 했던 라몽조차도 그 당시 파운드 절하는 필요한 일이었다고 고백했거든. 참고로 라몽은 소로스와의 싸움에서 패배한 책임을 지고 장관 자리를 잃기도 했어.

어쨌든, 소로스와 영국의 환율전쟁을 보자면 소로스는 당연히 그 전쟁의 승리자(winner)인 것은 자명한 사실이고, 내 생각에는 영국도 결론적으로는 승리한 거야. 왜냐하면, 경제회복이라는 목적이 달성되었으니 전쟁에서는 패했으나 결과는 승리한 거랑 똑같은 거지.

이렇게 보면 소로스는 오히려 영국 경제 회복의 촉매제 역할을 해준 거야. 그리고 준서야. 그녀가 나를 계속 부르고 있어, 이만 안녕."

삐리리리-

준서의 귀에 핸드폰이 끊기는 신호음이 들렸다. 준서는 피식 웃으며 침대에 눕기 시작했다.

잠시 후, 문득 이런 생각이 들었다.

'과연, 소로스 혼자만의 작전이었을까? 혹시 거대 자본을 운영하는 세계적 규모의 큰 손들이 어떤 그랜드 플랜을 만들었고 단지 그중에서 눈에 드러나는 역할을 소로스가 맡았을 뿐이었던 것은 아닐까?'

지금의 준서로서는 이 질문에 대한 결론을 쉽게 내릴 수가 없었다. 아니, 어떤 누구도 쉽게 단정할 수 없는 그런 질문임에 틀림없다. 과도한 의심은 싸구려 음모론으로 전락할 것이고 그렇다고 단순하게 정리하면 너무 순진한 판단이 될지도 모를 일이다.

그렇기 때문에 준서는 진리를 찾기 위한 성실한 공부를 꾸준히 지속해야만 한다고 다시 한번 다짐했다. 진리의 빛만이 비로소 진정한 자유로 향하는 길을 비춰주는 등불이라 믿으며….

목요일

8

대학로 오라클

아침에 전명식 교수님의 명강의 확률론 수업을 들은 준서는 지금 정경관 1층 로비에 있는 의자에 앉아 있다. 한쪽 팔을 라운드 테이블에 걸친 채 턱을 괴고 있는 그의 모습은 마치 깊은 생각을 하는 듯해 보이지만 사실은 별생각 없이 그저 지나다니는 학생 중에 예쁜 애들을 탐색하고 있을 뿐이다.

'아함, 평화롭구먼.'

이렇게 생각하던 찰나, 준서의 핸드폰이 울렸다. 다급한 윤지의 목소리였다.

"준서야, 빨리 경영본관 앞으로 좀 와봐! 엄마야! 꺄악~!"

윤지의 외마디 비명과 함께 핸드폰은 끊겨 버렸다. 준서는 깜짝 놀랐다.

'무슨 일이지?!'

생각할 틈이 없다. 가방을 둘러메고 미친 듯이 달리기 시작했다. 하필이면 정경관과 경영본관은 정반대편 서로 가장 끝에 있었다. 정문을 기준으로 하나는 오른쪽 끝, 다른 하나는 왼쪽 끝. 준서는 점점 숨이 차기 시작했다.

그러나 다급한 윤지의 목소리가 떠올라 군대에서 유격 훈련받던 식으로 쉬지 않고 달렸다. 경영본관 앞 그리 크지는 않지만, 잔디가 깔린 네모난 광장에서 어떤 남자가 윤지를 향해 크게 소리치고 있었고 급기야 오른손을 들어 위협하는 모습까지 연출되었다.

준서는 정말 다급해져서 더더욱 속도를 올려서 달려와 그대로 점프를 해 TV에서 봤던 WWE 레슬러 숀마이클처럼 드롭킥을 한 방 그에게 날렸다.

그러나 거리가 짧았다. 준서의 두 발은 그 남자의 뒤통수 앞에서 간발의 차이로 도달하지 못한 채, 어머니의 손길처럼 포근한 중력의 손에 이끌려 몸 전체가 땅바닥을 향해 수직낙하했다. 그리고 이내 경쾌한 소리가 났다.

쿵~! $V=\sqrt{2gs}$ 에 숫자를 대입하면 준서의 낙하 속도를 알 수 있다. 그 남자가 뒤돌아봤다.

"넌 뭐냐?"

매우 불쾌한 감정이 실린 억양이었다. 준서는 쪽팔림을 무릅쓰고 얼른 몸을 털고 일어나 공격적인 눈으로 그 남자를 쳐다봤으나 이내 준서의 두 눈은 바닥으로 내리깔리고 있었다. 그 남자의 체구가 보통이 아니었기 때문이다. 그리고 잠기려는 목소리를 억지로 끌어내어 한마디 했다.

"때, 때리시면 안 되죠. 여자를."

"내가 언제 때렸는데."

"방금, 때리려고 하셨잖아요."

"허허, 그래서 너 지금 이 여자 흑기사 노릇 하시겠다?!"

준서는 아무 말도 못 하고 있었다. 그러자 그 남자가 자기의 얼굴을 준서의 두 눈앞까지 쑥 내밀고서는,

"그럼, 네가 대신 맞아!"

하면서 오른손이 머리 위로 올라갔다. 이때,

"안돼! 나쁜 놈아!"

하면서 윤지가 달려와 그의 오른팔에 매달렸다. 그야말로 대롱대롱.

그러자 그 남자는 더욱 화가 나는 듯

"이것들이 쌍으로다가~!"

여기까지 외치다가 이내 허탈한 표정을 지었다. 그러면서

"아무튼, 너희 앞으로 내 눈에 띄지 마라!"

이 한마디를 끝으로 뒤돌아서 성큼성큼 멀어져갔다. 준서는 경황이 없었다. 그 남자가 시야에서 벗어나자 준서는 자연스레 윤지

에게로 시선을 돌렸다.

윤지도 그 남자의 뒷모습을 보고 있다가 준서를 보았다. 시선이 마주치자 이유는 모르겠으나 둘 다 피식하고 웃음이 나왔다.

"휴, 끝났다."

윤지의 이 말에 준서가 물었다.

"대체 이게 어떻게 된 일이야? 저 남자 뭐 하는 사람인데? 너랑 무슨 관계야?"

준서는 한꺼번에 많은 것이 궁금했지만 윤지는 동문서답부터 하였다.

"야, 배고프다. 뭐 좀 먹자."

그러고서는 윤지는 앞장서 걷기 시작했다.

"야! 어디 가?!"

준서도 얼른 윤지를 따라갔다.

중앙광장 지하 1층에 있는 버거킹에서 스노우치즈와퍼세트와 머쉬룸스테이크버거세트를 시켜 놓고는 둘 다 콜라부터 벌컥벌컥 마셨다.

"그러니까, 아까 그 나쁜 놈은 내 전 남친이지. 정확히는 어제까지 남친, 오늘부터는 전 남친. 어제 전화로 헤어지자고 했거든."

"그런다고 저렇게 화를 내? 오래 사귀었어?"

윤지는 손가락 3개를 펴 보이며,

"3주."

"3주?! 별로 오랜 사이도 아니구만, 왜 저렇게 오버한대?"

"아마도, 내가 자기를 가지고 놀았다고 생각했나 봐. 뭐, 사귀자고 했던 것도 난데 어제 갑자기 별다른 이유도 없이 잔말 말고 헤어져만 달라고 얘기했으니 저러는게 솔직히 좀 이해는 돼."

윤지는 이렇게 말하며 해맑은 건지 뻔뻔한 건지 알 수 없는 웃음을 짓고 있었다.

"뭐 하는 사람인데?"

"헬스장 트레이너. 헬스장에서 처음 봤지. 알지? 정대 후문으로 나가면 있는 '짐승남 헬스클럽' 말이야."

"아~, 거기 트레이너야? 근데 왜 헤어지자고 했냐? 3주 만에?"

윤지는 준서를 잠깐 쳐다보더니 이내 조금 짜증이 나는 듯 찡그리며,

"아, 몰라! 걍~ 햄버거나 처먹어~!"

이때 준서의 핸드폰이 울렸다.

"아~, 영준이 형? 어쩐 일이야?"

준서는 프렌치프라이를 먹으며 통화를 했다.

"뭐?! 학교 앞이라고?! 어디 있는데!? 나 지금 친구랑 있는데!?"

준서는 뭐라 뭐라 통화하더니 핸드폰을 끊었다.

"윤지야, 내가 전에 얘기했던 영준이 형 있잖아. 그 형, 지금 우리 학교 앞에 왔다는데?! 지금 여기로 온대."

"IQ 170?!"

"어, 그 형~!"

"와~, 재밌겠다. 한번 보고 싶었는데."

잠시 있으려니까, 영준이 유리문을 열고 매장 안으로 들어왔다.

"여~! 준서! 햄버거 먹냐?!"

영준은 두 사람이 있는 테이블 쪽에 와서 준서의 프렌치프라이를 몇 개 주워 먹음과 동시에 윤지와 눈이 마주쳤다.

"안녕하세요, 윤지 씨."

"아, 안녕하세요!"

윤지는 살짝 어색한 웃음과 함께 영준에게 인사를 했다.

"얘가 윤지라는 걸 형이 어떻게 알았어?"

"야, 네가 아는 여자애가 한 명밖에 더 있냐? 지금 여자애랑 있으니까 걔가 걔지."

영준은 이번에는 아예 준서가 들고 있던 햄버거까지 빼앗아 먹으며 말했다.

"얼른 일어나! 지금 급히 가 봐야 해."

"어딜 가?!"

"아놔~! 너 금융권 생각한다며. 그러면 반드시 만나야 할 사람이 있다니까 그러네."

영준의 말에 윤지가 오히려 호기심을 보였다.

"어머~! 그 사람이 누군데요?!"

"아! 윤지 씨도 만나봐야 할 사람이에요. 윤지 씨가 투자클럽 만들었죠?! 금융권에 진출하려고 하는 사람은 누구나 한 번쯤 만나야 할 사람. 그는 바로 대학로 오라클!"

윤지와 준서가 동시에 되물었다.

"대학로 오라클?!"

"그렇죠. 대학로 오라클. 뭐, 우리나라 말로 하면 대학로 현자! 아무튼, 더 늦기 전에 윤지 씨도 얼른 함께 가시죠."

"어머! 좋아요."

윤지는 환하게 웃으며 일어섰다.

"아~! 형! 나 오늘 진짜 안돼. 좀 있으면 구자용 교수님의 명강의 다변량 분석이랑 박유성 교수님의 명강의 시계열 분석 들어야 한단 말이야!"

그러나 준서의 약점은 언제나 특유의 순진하고 착한 성품에 있었다. 다른 사람의 청을 단호하게 거절하는 데 익숙하지 못한 그는 어느새 두 사람의 손에 이끌려 대학로 마로니에 공원에 와서 있다.

"근데, 영준 오빠, 대학로 오라클에 대해서 좀 더 말씀해 주실 수 있어요?"

"아, 좋죠. 일단 그는 말이죠, 실체를 알 수 없는 신비한 사업가였어요. 보통 우리가 서로 관련이 없는 가게들인 줄 알고 있는 많은 곳이 그 뒤에서는 이 한 사람, 대학로 오라클로 통한다는 얘기도 있고요.

엄청난 돈을 벌었다고 하는데 압구정, 서초동, 방배동은 이 사람의 땅을 밟지 않고는 지나다닐 수 없다는 소문이 있었죠.

대학로 오라클은 워낙 자신을 드러내는 것을 싫어해서 대리인을 내세워 각각의 가게들을 운영하게 하는데 결국 그것들의 족보를 타고 올라가면 오라클 한 사람으로 통하는 거죠.

그 가게들이 어떤 건지는 누구도 몰라요. 주유소일 수도 있고, 커피집일 수도 있고, 술집일 수도 있고. 이를테면, 신당동에 가면 떡볶이집들이 서로서로 자기들이 원조라고 하면서 경쟁을 하잖아요? 그러나 사실은 그런 곳 모두 대학로 오라클이 막후에서 움켜쥐고 있는 하나의 가게들일 수도 있다는 거죠."

준서와 윤지는 열심히 듣고 있었다.

"형~! 그럴 수도 있는 거야?"

"그러니까 전설이고 오라클이지. 어떤 현상의 본질을 미리 알아채는 현자, 혹은 선지자. 그런 능력으로 사업한 거지. 진정한 투자의 귀재라고 봐야지. 그런데 실상은 누구도 몰라. 그런 말이 떠돌 뿐이니까. 거짓일 수도 있어."

자동차 경적 소리에 살짝 놀란 영준은 그곳을 잠깐 봤다가 다시 말을 이어나갔다.

"근데, 내가 몇 번 만나서 얘기해봤는데 분명한 건 예사롭지 않은 인물인 것은 확실해. 미리 말해 두는데 '현자님.' '현자님.' 하면서 깍듯이 대해야 해."

"그런데 영준 오빠. 그 현자님은 지금은 뭐 하신대요?"

영준은 미소를 띠며 윤지에게 답했다.

"음, 그러니까, 그분 말에 따르면 이제는 사업에서 손을 뗀 지가 몇 년 되신다고 해요. 재산 대부분은 사회에 환원하고 일정 부분은 자신의 가족들에게 나눠준 뒤 정작 자신은 조그만 주택에서 조용히 살고 있다고 해요. 책이나 읽으면서."

"형, 그런데 왜 그 사람을 보기 위해 마로니에 공원으로 온 거야?"

"목요일 점심을 여기서 먹거든."

영준이 말을 마치자 갑자기 큰 트럭이 오더니 운전석에서 두 사람이 내렸다. 그들은 열심히 은빛 양철통을 트럭에서 공원 앞으로 운반하기 시작했다.

그리고 미니 버스가 뒤따라 오더니 흰 옷을 맞춰 입은 사람들이 여럿 내려서 다른 통들을 바쁘게 옮겨와 배열했다. 누군가는 국자를 가져왔고 누군가는 식판을 정리하는 등 다들 분주하게 움직였다.

트럭과 버스의 조수석 앞쪽 창문에는 하얀 종이에 검은 매직으로 '한마음 선교 센터'라고 적힌 종이가 붙어 있었다. 잠시 후, 뜨거운 연기의 국 냄새가 코끝으로 전해졌다.

냄새가 퍼져 나가자 주변에 있던 노인들이 한 분 두 분 그곳으로 모여들더니 이내 식판을 들고 배식을 받기 시작했다. 영준은 열심히 두리번거렸다. 대학로 오라클을 찾기 위함이다. 아직 오지 않았는지 그를 찾을 수 없었다.

시간이 좀 더 흐르자 멀리서 한 노인이 걸어오는 모습이 보였다. 딱 보아도 범상치 않은 겉모습이었다. 백발이 된 새하얀 머리는 록그룹의 보컬처럼 길게 내려와 어깨에 닿아 있었다. 회색 점퍼를 입고 바지는 물이 빠진 청바지였다. 두 손은 바지 주머니에 꽂고 검은 구두를 신은 채 한 걸음 한 걸음 뚜벅뚜벅 걸어오고 있었다. 자신의 얼굴이 사람들에게 드러나는 것이 싫다는 듯 커다란 선글라스를 끼고 있었는데 그 모습이 오히려 다른 이들의 시선을 끌게 한다는 사실이 우습게 느껴진다. 영준이 그에게 달려가 넙죽 인사를 했다.

"현자님! 저 왔습니다."

"오~, 광대 녀석 왔느냐?!"

영준을 광대라고 부르는 대학로 오라클을 보면서 준서와 윤지는 의아했다. 그러나 정작 영준은 아무렇지도 않은 듯 오라클과 반갑게 인사를 나누었다.

그리고 준서와 윤지를 소개하자 오라클의 시선은 영준의 손끝을 따라 준서와 윤지에게로 향했다. 준서와 윤지는 조금은 내키지 않는 듯 느릿느릿 다가가 인사를 건넸다.

"혀, 현자님, 안녕하세요."

현자라는 말 자체도 쉽게 나오지 않았다. 마치, 대학로의 연극 배우가 된 듯한 기분이었다. 오라클은 둘의 어색한 표정 따위는 별로 신경 쓰지 않는 듯 웃으며 말했다.

"광대 녀석, 이번에는 태양과 바람을 데리고 왔구나."

준서와 윤지는 서로 마주 보며 의아한 듯 속삭였다.

"태양과 바람?"

9

오라클을 웃겨라!

마로니에 공원에서 점심을 먹은 오라클은 어딘가로 향하고 있었다. 준서와 윤지는 어디로 가는지 몰라 의아한 표정으로 뒤따라 갔지만, 영준은 오라클과 오랜 친구처럼 웃으면서 그와 함께 앞장서 걷고 있었다.

마로니에 공원에서 방통대를 지나 계속 걷다 보니 사거리가 나왔다. 여기서 오른쪽으로 꺾어서 한참을 걷는 듯하더니 또 다른 사거리에서 오라클과 영준은 다시 왼쪽으로 꺾어서 들어갔다.

그렇게 잠시 걸으려니까 '24시 종로사우나'라는 목욕탕이 나왔고 오라클과 영준은 그 앞에서 멈추었다. 영준은 준서와 윤지에게 잠깐 기다리라고 한 뒤, 오라클을 데리고 들어가 대신 계산을 한 뒤, 남탕으로 안내까지 해주고서야 비로소 건물 밖으로 나왔다. 그리고 영준은 윤지와 준서에게 말했다.

"현자님과 얘기하려면 두 가지를 해드려야 해."

"그게 뭔데?"

"일단, 이렇게 목욕을 시켜 드리고 다음으로 제물을 바쳐야지."

이때 윤지가 깜짝 놀랐다.

"네? 제물을 바쳐야 한다고요?"

아마도 옛날이야기에 보면 보통 제물의 희생양이 어린아이이거나 순결을 잃지 않은 마을의 처녀쯤이 되는 경우가 많아서 순간 윤지가 자신도 모르게 과민반응을 보인 건 아닌가 하는 생각이 준서의 머리를 스쳤다.

"자, 그럼 우리는 왔던 길을 되돌아가 다시 마로니에 공원 벤치에 앉아서 오라클이 올 때까지 기다리기만 하면 돼." 라며 영준이 말했다.

"아 참, 가면서 제물도 준비하고 말이야."

셋은 다시 마로니에 공원 쪽으로 갔다. 가는 도중 영준은 마치 관광지의 가이드나 되는 것처럼 설명을 계속했다.

"오라클은 말이지, 이렇게 누군가 자신을 찾아왔을 때 목욕도 하고 적당히 산책도 하는 이런 일을 즐기거든. 그래서 꽤 먼 거리지만 왔다갔다 하는 거야. 참, 그리고 저기 편의점 보이니까 가서 제물을 사 올게."

준서는 영준이 대체 어떤 제물을 사 올지 궁금했다. 보통, 제사

드릴 때 옛날에는 소나 돼지, 양 등을 잡았으니까 편의점 고기라도 사오려는 건 아닌가 하는 생각을 했다.

어쩌면 육포를 사 올지도 모를 일이었다. 잠시 후 영준이 하얀 비닐봉지를 들고 나왔는데 그 안에 든 것은 의외로 바나나 우유였다. 그것이 13개나 들어 있었다. 그 중, 두 개를 꺼내 준서와 윤지에게 주었고 하나를 더 꺼낸 뒤 빨대를 꽂아 자신의 입으로 가져갔다.

"나머지 10개는 오라클에게 바치는 제물이야."

그러더니 다시 앞장서 마로니에 공원을 향하여 걷기 시작했고 준서와 윤지는 어색하게 뒤따라 걸었으나 차츰 이런 상황이 익숙해지면서 점점 재미있게 느껴졌다. 마로니에 공원 벤치에 앉아서 잡담하면서 기다리니 시간이 의외로 빨리 지나갔다.

어느새, 오라클이 웃으며 준서 일행이 있는 벤치로 다가왔다. 그는 신문지 2장을 겹쳐 바닥에 깔더니 그 위에 앉는 것이었다. 준서가 일어나 자리를 양보하려 했지만, 오라클은 바닥이 편하다면서 극구 사양하였다. 결국, 오라클을 마주 보며 영준, 준서, 윤지 이 셋은 벤치에 앉게 되었다. 오라클은 영준을 향해 물었다.

"광대야, 제물은?"

"예, 현자님. 여기~"

영준은 바나나 우유 10개를 일렬로 배열하여 오라클 앞에 놓았다. 오라클의 표정은 아주 흡족한 듯하였다. 이를 본 영준이 말했다.

"현자님, 오늘도 지혜의 한 말씀을 해주시죠."

"허허, 광대 녀석. 오랜만에 오더니 한 가지 절차를 빼먹었구나. 나를 웃겨야지."

"아 참! 그걸 잊었네요."

영준은 좀 당황하며 준서와 윤지를 보았다. 영준의 표정을 보니 어서 웃긴 얘기 있으면 좀 해보라는 의미가 강하게 느껴졌다. 준서는 자신이 아는 농담이란 농담은 모두 쏟아 냈으나 오라클에게 씨알도 먹히지 않았다. 뜻하지 않은 난관에 봉착한 것이다. 그러나 이때, 윤지가 정 안 되면 자신이 나서보겠다는 듯 입을 열기 시작했다.

"현자님, 제가 현자님 취향에 맞는 웃긴 얘기해 드릴 테니까 잘 들으셔요."

"허허허, 좋지. 태양이는 너무 썰렁했어. 바람이한테 기대를 걸어보지."

윤지는 웃긴 얘기를 시작했다.

"그리 옛날은 아니고요, 한 5년 전쯤의 일이었나? 어쨌든, 불광동에 어떤 회사의 여직원들을 위한 아파트가 있었어요. 그 아파트의 이름은 '복지아파트'였죠.

그런데 어느 해 여름, 태풍이 몹시 심하게 몰아쳐 간판에 적힌 아파트 이름 중에 하필이면 'ㄱ'자가 떨어져 나갔죠. 당연히 난리가 났어요. 간판의 아파트 이름이 이상야릇해져 버렸으니."

여기까지 들은 오라클은 벌써부터 키득거리기 시작했다. 이를 본 준서는 오라클이나 자기 같은 필부필부나 이런 이야기에 반응하는 건 똑같다고 생각하면서 그 역시 조금씩 키득거리기 시작했다. 윤지는 아랑곳하지 않고 이야기를 계속했다.

"여직원들은 간판을 바꿔달라고 민원을 넣었지만, 관리소 측은 이런저런 핑계를 대며 차일피일 미루기만 했죠. 결국, 참다못한 여직원들은 시위를 시작했어요. 머리띠를 두르고 단체로 모여 간판을 향해 분노의 돌팔매질을 했죠. 그런데 아뿔싸! 한참 돌을 던진 결과 간판에서 한 글자가 또 떨어져 나갔으니 그것은 하필 '트'였어요."

"푸하하하하~!"

오라클은 시원스레 웃어댔다. 그의 취향에 딱 맞는 이야기였던 것 같다. 한참을 웃어대던 대학로 오라클은 바나나 우유를 한 입 마신 뒤 입을 열었다.

"합격이야. 오늘 내 얘기는 바람이 때문에 들을 수 있게 됐구먼. 허허허."

이때, 준서가 오라클에게 물었다.

"현자님, 그런데 아까부터 광대, 태양, 바람이라고 저희를 부르시는데 무슨 뜻이 있으신 건가요?"

오라클은 싱긋 웃으며 대답했다.

"기운이야. 그 사람의 기운. 일단, 저 녀석은 광대지."라고 얘기하며 영준을 가리켰다.

"광대, 저 녀석은 말이야, 즐겁게 춤을 추며 노는 그런 기운이야. 그 춤이 때로는 주변의 사람들을 즐겁게 만들어 주는 그런 춤이 되기도 하고 또 때로는 다른 사람들의 시선은 의식하지 않은 채 혼자서 즐겁게 추는 혼자만의 춤이 되기도 하고.

아무튼, 좋은 팔자 타고난 놈이야. 너희 원로 연예인 중에 '조영남' 알지? 나랑 연배가 비슷할 거 같은데. 그 사람이 아주 대표적인 광대 기운이야. 이 기운을 타고난 사람들은 공통적으로 영리하지. 머리가 아주 좋아. 그리고 그 다음은 너. 너에 대해서 말해 보면…"

오라클은 이번에는 준서를 가리켰다.

"너는 태양이지. 태양의 기운은 기본적으로 색깔이 있는데 붉은 태양, 노란 태양, 검은 태양. 그중 너는 황금빛의 노란 태양이야.

이 기운을 타고난 사람은 아주 탐욕스러움을 가지고 있지. 재물에 욕심이 많아. 물론, 재물운이 잘 따라붙기도 하고 말이야. 이름 날리는 부자들 대부분은 몇몇 빼놓고 거의 다 태양 기운을 가진 사람들이지.

그런데 자네는 말이야, 타고난 기질이 착해. 마음이 여리고 착하다는 거지. 끝까지 모질지는 못해. 그래서 내가 기분이 좋아. 자네의 태양 빛은 자네만 비추는 혼자만의 것이 아니라 세상을 비추는 만인의 것이 될 것 같아. 허허허허."

그러면서 오라클은 이번에는 윤지를 보았다. 한참을 보는 듯하더니 말을 이었다.

"자네는 바람의 기운이구먼. 바람은 일단 광대나 태양보다 신비스러운 사람들이야. 왜냐면, 바람은 눈에 보이지 않으니까.

그러나 분명 우리 곁에 존재하고 있지. 흔들리는 가지나 떨어지는 낙엽을 볼 때, 우리는 바람을 간접적으로 볼 수 있지.

그래서 이 기운을 타고난 사람들은 다른 사람들에게 뭔가 매력적으로 느껴져. 아까 얘기했지만 좀 신비스럽거든."

오라클은 다시 바나나 우유를 한 모금 마시며 이야기했다.

"그러니까, 광대, 태양, 바람이라는 건, 똑똑한 놈, 탐욕스러운 놈, 신비한 년 이렇게 세 연놈이 함께 있다는 거지. 허허허허."

"하하하하."

어느새 다 같이 웃고 있었다. 그리고 영준이 다시 한 번 오라클에게 재촉했다.

"현자님, 오늘 우리에게 지혜의 한 말씀 해주시죠."

"흠, 오늘 너희를 보니까 내가 해줄 얘기는 저기 태양이를 위해서 해줘야겠구먼. 저놈이 아직 자기의 운명을 모르고 갈팡질팡하니까 저 녀석에게 탐욕의 영혼을 확 심어주어야겠어."

준서는 약간 놀라며 물었다.

"탐욕은 나쁜 거 아닌가요?"

"허허허, 녀석아. 욕심이란 건 말이지 인간의 본성이야. 이것을 어떻게 활용하는지가 문제지. 욕심을 잘 활용하는 사람이 성공하는 거야. 즉, 그런 본성을 어떻게 이용하는가는 그것을 이용하는 사람의 문제지, 욕심 그 자체가 나쁘고 착하고가 어디 있겠나?"

오라클은 하늘을 한번 올려다보는 듯하더니 다시 벤치에 앉아 있는 세 사람에게 시선을 향하고서는 말했다.

"그럼, 한 마디 함세. 이제 우리는 남북전쟁이 막 끝나서 아직 그 상처가 깊게 남아있는 아메리카 대륙으로 가는 거야. 내 이야기는 거기서부터 출발이야."

10

제국의 탄생

남북전쟁이라는 내전이 끝난 1865년 미국은 그 상처가 아직 아물지 않고 있었다. 미국인들은 전쟁이 남긴 참상으로 실의와 좌절에 빠져 있었다.

그러나 가장 어두울 때 비로소 새벽이 밝아온다고 했던가? 누구도 모르는 사이 아메리카 대륙에는 새로운 태양이 조금씩 조금씩 그 빛을 드러내며 떠오르려 하고 있었다.

그 태양을 가장 먼저 떠받치고 일어선 첫 번째 인물은 뉴욕의 부둣가에서 살던 가난한 터프가이 코넬리어스 밴더빌트였다. 가난한 뱃사공의 아들이었던 그는 11살 때 이미 학교가 아닌 바닷가에 나가 일을 해야 했다.

남북전쟁이 시작되기 약 40년 전으로 거슬러 올라가 밴더빌트는 그의 나이 16살 때 부모와 지인들에게 돈을 빌려 작은 페리

선을 구입한다. 이 배를 통해 스태튼 섬과 뉴욕 시를 오가며 승객들을 태워주는 사업을 시작한다.

그리고 이 사업이 점점 번창하여 화물을 싣고 승객을 태우며 수익을 올리던 밴더빌트는 미국의 성장기라는 우호적인 상황 덕분에 오래지 않아 여러 척의 큰 배들을 지휘할 수 있게 된다.

그는 운송이 얼마나 중요한 사업인지 깊이 깨닫고 있었다. 40년간 그는 세계 최대의 해운 사업자로서의 위상을 누린다. 특히 1849년 골드러시 덕분에 서해안을 통행하고자 하는 사람들의 수요증가는 밴더빌트에게 큰 수익을 안겨준 최고의 행운이었다.

물론, 그의 성공이 행운에 의한 것만은 아니다. 밴더빌트는 당시 다른 배들과는 달리 정시출발을 철칙으로 여겨 사람들의 신뢰를 얻어냈고 이런 경영원칙 덕분에 충성고객들이 점점 늘어났다. 그리고 남북전쟁이 시작되기 바로 직전 밴더빌트는 또 하나의 승부수를 던진다.

1850년대부터 철도사업에 관심을 가졌던 그는 자신의 배들을 팔아서 과감하게 정리를 하고 철도 투자에 모든 것을 걸기로 한다.

시대의 변화를 읽은 그의 선택은 이번에도 적중했다. 전쟁이 끝날 무렵 그는 미국 내 누구도 따라올 수 없는 최고의 부자가 되어 있었다.

시대의 변화를 읽어 내어 그 흐름에 맞추어 자신의 포지션을 바꾼다는 것은 성공한 사업가들에게서 볼 수 있는 공통된 특징이다.

일본인들의 존경을 한몸에 받는 마쓰시타 고노스케(마쓰시타 전기²)를 세운 기업인)도 처음에는 자전거 가게에서 일하던 평범한 청년이었다. 하지만 그는 오사카 이곳저곳을 다닐 때마다 마주치게 되는 전차에 주목한다. 그는 어느 날 이런 깨달음을 얻는다.

'전차가 계속 세워지면 자전거의 수요는 줄어들 것이고 반면, 전차를 움직이게 하는 전기의 수요는 늘어나겠구나. 그렇다면, 나는 더 이상 자전거가 아닌 전기에 눈을 돌려야 한다.'

이런 결심 끝에 마쓰시타는 회사를 옮기기로 한다. 그러나 그에게 한결같이 잘해 주었던 주인 부부를 볼 때면 차마 마음속 이야기를 꺼낼 수 없었다.

그래서 그는 꾀를 하나 내는데 어머니가 위급하다는 전보를 자기에게 보내서 그것을 가지고 자전거 가게의 주인 부부에게 이야기해서 가게를 나오게 된다. 그리고 마쓰시타는 오사카 전등회사로 발길을 옮긴다.

절묘한 타이밍을 맞춰 사업의 주력 업종을 바꿨던 밴더빌트. 이때 그의 재산은 오늘날 750억 달러에 해당한다. 하지만 그에게도 큰 손실이 있었으니 그것은 바로 남북전쟁에서 아들 조지가

---

2) 훗날의 파나소닉

전사한 것이다.

밴더빌트는 조지에게 사업의 후계자로서 큰 기대를 걸고 있었으나 조지의 사망으로 이제 철도제국을 이어받을 사람은 또 다른 아들 윌리엄이 될 수밖에 없었다.

하지만 아쉽게도 윌리엄은 조지와 비교하면 사업적 능력이 다소 부족했다. 밴더빌트는 윌리엄을 경쟁사와의 협상 테이블에 앉혀 보았으나 윌리엄은 별로 성과를 올리지 못했다. 경쟁사의 노련한 회장, 사장들로부터 유리한 협상을 전혀 이끌어내지 못했음은 물론 심지어 조롱 섞인 인신공격에도 별다른 대응을 하지 못할 정도였다.

이런 상황을 봐야 했던 밴더빌트의 고민은 점점 깊어갔다. 그러나 그럴수록 그가 가진 특유의 투지도 다시 달아오르기 시작했다. 승부의 세계에서 잔뼈가 굵은 노년의 승부사는 그의 경쟁사들을 굴복시킬 과감한 결단을 내린다.

그는 뉴욕과 대륙을 이어주는 유일한 철교인 앨버니 다리를 소유하고 있었는데 이것을 봉쇄해버렸다. 마치 나폴레옹이 대륙봉쇄령을 내리듯 밴더빌트는 미국의 가장 큰 도시 뉴욕을 봉쇄시킨 것이다. 이 다리가 없으면 어떤 기차도 뉴욕을 오고 갈 수 없다.

그렇다는 것은 결국 미국 전역으로 물자를 공급하는 미국 최대의 항구에 물건을 실어 나를 수 없게 되었다는 것을 의미한다. 경쟁사들은 하나둘 무너졌고 헐값이 되어버린 그 회사들의 주식을 밴더빌트는 거의 공짜로 쓸어담는다. 그리고 그의 회사는 가장 큰 철도회사로 거듭난다.

그 후, 철도는 미국의 혈관역할을 본격적으로 해보겠다는 듯 구석구석까지 급속하게 깔려 나가며 운송을 쉽게 만든다. 일자리 18만 개 이상이 창출되었고 이런 과정이 진행되면서 미국의 태양은 그 빛이 점점 더 선명해지기 시작했다. 특히, 밴더빌트 말년에 뉴욕 시에서 그가 벌인 그랜드 센트럴 역 공사는 1873년 경제 공황으로 신음하던 시기에 많은 일자리를 창출시킴으로써 공황 탈출에 큰 도움이 되었다.

미국 곳곳에 철길이 깔리자 밴더빌트는 이제 그의 화물철도를 채워줄 것들이 필요하였다. 그는 특별히 석유를 주목한다.

밴더빌트는 철도 노선을 이리호 남쪽 클리블랜드까지 확장하기로 하는데 이곳은 인구 5만의 작은 도시였지만 석유의 매장량이 풍부하였다. 그리고 이곳엔 아직은 알려지지 않은 젊은 사업가 존 데이비슨 록펠러가 있었다.

원유는 정제하면 등유가 된다. 록펠러는 사실 유전개발 그 자체보다는 정유사업의 장래를 더 밝게 보고 있었다. 왜냐하면, 유전개발은 수요와 공급의 변화에 따라서 그 수익이 들쑥날쑥 불안정했기 때문이다.

골드러시 때 금을 캐는 사람들을 위해 만들어진 질긴 청바지야말로 진정한 수익원이었던 것처럼 석유사업에서도 안정적이고 고부가가치를 창출하는 수익원은 바로 운송과 정유에 있다고 본 것이다.

철도의 제왕 밴더빌트는 정유에 희망을 거는 젊은 석유사업가 록펠러를 뉴욕에 초대한다. 록펠러에게는 이것은 그야말로 천재일우의 기회였다.

그러나 아뿔싸! 록펠러는 그만 그가 타고 가야 할 기차를 간발의 차이로 놓치게 된다. 하지만 록펠러를 더욱 놀라게 한 것은 원래 그가 타고 가려고 했던 그 기차가 달리던 도중 탈선사고를 일으켜 많은 인명피해가 났다는 사실이다.

가슴을 쓸어내린 록펠러는 그때부터 자신의 인생에 신이 직접 개입하고 있다고 확신한다. 그의 신앙심은 마음속 더 깊은 곳으로 뿌리내리게 된다.

신의 뜻과 자신의 인생을 일치시키는 이러한 심리는 훗날 사업을 할 때 언제나, 지속해서 자신만만함을 유지하는 근원이 되기도 한다.

강력한 자기 확신에 있어서는 대우의 김우중 회장도 둘째가라면 서러울 것이다. 그는 직원들을 격려하기 위해 리비아에 갔을 때, 모래 폭풍이 불어닥치는 상황에도 아랑곳하지 않고 500㎞를 달려와 새벽 1시에 현장에 도착한 바 있다.

그리고 직원들을 격려한 뒤 바로 출발하여 다시 사막의 어둠을

뚫고 시나브로 밝아오는 이른 아침 런던행 비행기를 타고 다음 비즈니스를 위해 떠났다는 일화는 지금도 회자된다.

김우중 회장의 증언에 따르면 이 시절의 그는 두려운 것이 없었다고 한다. 이를테면 비행기를 타고 가다가도 난기류 때문에 비행기가 흔들리거나 하면 보통 사람들은 혹시나 하는 마음에 두려워하지만, 그는 마음속으로 '어디 한번 떨어져 봐라. 내가 여기서 죽나 보자.'라는 생각을 했을 정도이니 그 자신감 그리고 자기 운명에 대한 믿음은 누구보다 강력한 것이었음을 알 수 있다.

신의 뜻과 함께하는(최소한 그렇다고 믿고 있는) 록펠러는 밴더빌트를 만나러 가기 위해 다시 역으로 향한다. 밴더빌트를 만난 록펠러는 밴더빌트와의 협상 테이블에서 자신만만하게 약속한다.

"미스터 밴더빌트. 제가 당신의 열차를 가득 채울 등유를 공급해주겠어요. 그러니 운송비용은 그에 걸맞게 할인을 해주시기 바랍니다."

'열차를 가득 채울 수 있다.'는 록펠러의 얘기에 밴더빌트는 내심 흐뭇하였다. 그들의 계약은 순조롭게 체결되었으나 사실 록펠러는 한 가지 숙제를 떠안은 격이었다. 왜냐하면, 록펠러 회사의 등유 생산량으로서는 밴더빌트의 열차를 모두 채울 수 없었기 때문이었다.

그러나 성공하는 사람들의 공통점은 기회를 놓치지 않는 데 있다. 신의 뜻이 자기의 인생 안에 항상 함께한다고 믿는 록펠러로서는 그 무엇도 주저할 이유가 없었다.

기회는 일단 잡고 나서 뒤에 일을 수습한다는 점은 큰 사업을 벌인 사람들의 공통적인 특성처럼 보인다. 김우중 회장 역시 이런 타입이었는데 그도 1967년 '대우실업'이라는 회사를 세우고 보름 동안 동남아 출장을 떠났는데 그곳에서 30만 달러의 계약을 체결하고 온 것이다.

그 당시 공정환율이 270 대 1이었으므로 대략 7천만 원의 일거리를 가지고 온 것이다. 회사 내에서는 과연 이 정도 규모의 수출을 감당할 수 있을지 확신하지 못한 채 부지런히 준비작업에 들어갔다. 우선 원자재를 구입하기 위한 돈을 빌리는 일부터 쉽지 않았다.

은행에서는 이름도 생소한 신생회사가 별로 달갑지 않았던 것인지 담당자들은 대우실업의 직원들을 만나주지도 않았다. 그래서 궁여지책으로 은행원의 집 앞에서 새벽부터 기다리고 있다가 출근하는 은행원에게 달려가 그를 설득하기를 수차례, 비로소 원자재 구입을 위한 돈을 대출받을 수 있었다.

물론 그 이후의 과정도 초인적인 힘이 있어야 하는 강행군이었다. 공장에서는 밤을 새워 수출할 물량을 생산했고, 부산항에서는 역시 밤잠을 뒤로 한 채 그 물건들을 선적해야 했다. 이러한 노력이 더해져 창업 첫해부터 60만 달러의 수출을 달성하는 쾌거를 이뤄낸다.

일단 일을 저지르고 뒤에 생각하는 돈키호테형 인간으로 역시 빠질 수 없는 인물이 바로 현대의 정주영 회장이다. 그는 사우디가 발주한 주베일 산업항 공사에 입찰한 적이 있다.

주베일 산업항 공사는 그때 당시 20세기 최대의 공사라고 불리던 것으로 현대가 낙찰받기 위해 제시했던 금액이 약 9억3천만 달러였는데 이 액수는 그해 우리나라 예산의 절반에 해당하는 액수였다.

심지어는 이 가격이 가장 저렴한 가격이었기에 현대가 낙찰받을 수 있었다는 사실을 생각해보면 그 공사의 스케일이라는 것은 그야말로 어마어마한 것이었음을 알 수 있다.

현대의 낙찰은 그 자체로 국가적 경사였으나 이 공사를 강행하면서 겪어야 했던 정주영 회장의 정신적 고초는 정말로 힘들었다고 고백한다. 고통의 가장 큰 이유는 바로 무경험 때문이었다고 하는데, 그의 이야기를 역추론해 보면 결국 아무런 경험도 없이 덥석 이런 큰 공사를 맡았다는 것을 알 수 있다. 그야말로 돈키호테의 전형이라고 말하지 않을 수 없다.

주베일 공사가 시작되고 필요한 장비는 브라운 앤드 루투 사의 것을 빌려 써야 했는데, 이들은 이 핑계 저 핑계를 대며 고의로 공사를 방해했다. 정 회장은 부아가 치밀어 올라도 꾹 참아야만 했는데, 그러던 어느 날 또 한 번의 용단을 내린다. 현장 회의실에 공사 관계자들을 앉혀놓고 그동안의 그의 생각을 밝혔다.

"아무래도 안 되겠어. 사실 내가 애초부터 구상하던 게 있거든. 기자재를 울산조선소에서 제작해서 그것을 수송해 와야겠어. 그야말로 대양 수송 작전이지. 어때?"

이 말을 들은 관계자들은 모두가 난색을 보였다.

"회장님, 아무래도 무리입니다. 세계 최대의 태풍권인 필리핀 해양을 지나는 것부터가 너무 위험합니다. 그리고 동남아 해상, 몬순의 인도양, 걸프 만까지 대형 바지선으로 운반하기에는 실패할 확률이 너무 높아 보입니다."

"맞습니다. 회장님. 울산에서 주베일까지는 거리로 1만 2천㎞인데 이것은 경부고속도로를 15번 왕복하는 거리 아닙니까? 그런데 위험한 바다를 가로질러 기자재를 운반한다는 건 상식적으로 납득이 가지 않습니다. 그냥, 화가 나더라도 좀 참고 협력사들의 도움을 이끌어내는 것이 더 합리적일 것 같습니다."

사실, 이들의 반대가 훨씬 논리적이라고 볼 수밖에 없는 상황이었다. 자켓이라는 철 구조물 하나가 가로 18m, 세로 20m, 높이 36m 무게가 550t 그리고 제작비가 이때 당시 돈으로 개당 5억 원이었으니 이는 웬만한 10층 빌딩의 규모와 같고 거기에다 이 같은 거대한 자켓이 89개나 필요했다. 이런 상황에서 '회장님의 의견을

지지합니다.' 하고 말하는 사원은 거의 찾아보기 힘들 것이다.

하지만 현대의 정주영이 누구던가? 농사꾼의 아들로 태어나 여러 번 사업에 실패했지만, 그것을 다시 딛고 일어나 대한민국 최고의 재벌이 되지 않았던가? 이번에도 정 회장 특유의 승부사적 기질이 발휘된다. 그리고 회의실이 가득 차는 우렁찬 목소리로 한마디 내질렀다.

"이보게들! 해보기나 했어?!"

현대가 울산에서부터 주베일까지 자켓과 콘크리트 슬래브를 나른다고 발표하니까 아니나 다를까 전 세계의 기업가들이 'He is really crazy!'를 외쳐댔다. 물론, 겉으로야 고상한 표현으로 말했겠지만 결국 내면적 의미는 '너 미쳤니?'였다.

하지만 정주영 회장은 이런 비웃음을 오히려 특유의 코웃음으로 날려 버린 채 전 세계를 향해 정주영의 경영방법을 보고 배우라는 듯이 그의 계획을 착착 실현해 나갔다.

편도 1항차에 35일이 소요될 것이므로 평균 1개월에 1번씩 바지선이 출발하는 것으로 플랜을 만들었다. 그리고 편도 1항차가 무사히 주베일에 도착하고 2항차, 3항차 계속해서 19항차까지 2번의 가벼운 사고가 있었을 뿐 나머지는 모두 성공적이었다. 두 번의 사고 역시 그렇게 큰 재앙은 아니었다.

한 번은 말라카 해협 싱가포르 앞바다에서 현대의 바지선과 대만 국적 상선이 충돌하여 자켓 하나의 파이프가 구부러진 정도였고 다른 하나는 태풍으로 대만 앞바다에서 소형 바지선 한 척을 잃어버린 것이었다.

하지만 이마저도 나중에 대만 해안에서 되찾아 올 수 있었다. 결국, 정주영 회장의 용단은 공사의 성공에 핵심적 역할을 한, 말 그대로 신의 한 수가 된 셈이다.

전 세계의 콧대 높았던 기업가들 누구 하나 찍소리도 못한 채 바보처럼 입만 쩍 벌리고 전설 속의 이야기처럼 느껴지는 현대의 위대한 공사를 멍하니 지켜봐야만 했다.

록펠러는 집으로 돌아와 현재 상황을 분석했다. 정답은 간단하다. 투자자를 설득하여 회사의 규모를 늘려 등유 생산량을 늘리면 될 일이었다.

그 당시 등유는 점점 수요가 늘어나고 있었는데 그러다 보니 이런저런 회사들이 우후죽순 생겨났다. 그 결과 기술력이 충분히 확보되지도 않았는데 수익에 급급하여 성급히 생겨난 회사들도 있었고 그런 회사의 불량 등유는 때로는 그것을 이용하여 불을 밝히던 가정집에 화재사고를 일으키는 원인이 되기도 했다.

록펠러는 이것이 오히려 기회라고 역발상을 하게 된다. 즉, 자신의 회사는 등유의 표준을 제시하는 회사로서 검증되지 않은 다른 회사들과는 달리 믿을 만한 등유를 만든다는 것을 부각하려고 했다.

그래서 그는 회사 이름 자체를 '스탠더드 오일'이라고 재명명했다. 그리고 투자자들을 설득했다. 그동안, 검증되지 않은 등유가 시장에 유통되어 화재를 일으키기도 한다는 사실은 소비자의 마음에 개운하지 않은 불안감을 주고 있었는데 이 심리를 꿰뚫고 파고든 록펠러의 마케팅전략은 대성공으로 이어졌다. 그리고 미국 최고의 사업가 밴더빌트와의 약속도 차질없이 수행해 낼 수 있었다.

위기를 기회로 역발상을 하는 것 역시 기업을 일으킨 사람들의 공통된 특징이다. 창립 첫해부터 큰 성과를 냈던 대우는 하지만 오래지 않아 다른 회사들과의 경쟁으로 채산성이 떨어지게 된다. 게다가 이 당시 대우는 트리코트(tricot) 원단을 인도네시아에 수출하고 있었는데 인도네시아의 시장이 불안정해지면서 수출대금을 회수하기 어려워졌고 그러다 보니 점점 자금 압박을 받기 시작한 것이다.

이때 김우중 회장은 중대한 결정을 내린다. 첫째는 해외지사 설치, 둘째는 봉제제품(의류)시장의 개척이었다. 회사 내부에서는 하필 시장 상황이 좋지 않을 때 해외지사를 만들겠다는 이 계획에 반대가 많았다. 게다가 이 시절에는 해외지사라는 개념 자체가 없었던 때였다. 그야말로 한국 최초 김우중 회장만의 전략이었다.

"경기가 불황이라고 다른 회사들이 몸을 사리는 지금이 바로 우리에게는 기회입니다. 도전정신을 가지고 이 위기를 우리를 위한 기회로 바꾸어 봅시다."

그는 이렇게 격려하며 계획을 실천에 옮겼다. 물론, 그의 선택은 이번에도 들어맞아 시장 상황이 점점 좋아지면서 대우는 더 큰 회사로 성장한다.

록펠러나 김우중뿐만 아니라 다른 기업가들 대부분이 위기를 기회로 재조명할 줄 아는 능력이 뛰어나다는 것을 알 수 있다. 이런 식의 발상 전환은 인생에서 성공하고자 하는 사람들에게 꼭 필요한 필수 덕목이라 할 것이다.

시간이 흐르면서 록펠러의 생산량은 밴더빌트의 운송량을 초과하기 시작했다. 록펠러의 창고에 오일이 쌓이기 시작한 것이다. 이 부분을 주목한 사람이 있었으니 철도 사업을 하고 있던 톰 스콧이었다.

스콧은 밴더빌트보다 더 좋은 조건으로 록펠러에게 사업적 계약을 제시한다. 록펠러라는 큰 고객을 놓고 철도 사업의 일인자와 이인자는 단가 경쟁을 하게 된 것이다.

록펠러는 경쟁사의 주식을 사모으기 시작했고 그의 회사는 점점 독점기업으로 변화해 갔다. 더불어 어느새 록펠러는 미국의 또 한 명의 산업 거인으로 커가고 있었다.

석유의 효율적 시추방법이 생겨나기 이전에는 미국 가정들이 대부분 고래 기름으로 램프를 밝혔는데 석유 시대가 도래하면서 석유를 이용해 불을 밝히게 되었다. 즉, 결과만을 놓고 보면, 당시 고래의 멸종 위기는 환경단체 그린피스가 아닌 록펠러와 같은 기업가가 막아낸 셈이다.

록펠러의 영향력이 점점 커짐에 따라서 밴더빌트와 스콧은 서로 경쟁이 아닌 연합작전을 펼쳐야 한다는 필요성을 느끼게 된다. 그들은 함께 합의하여 록펠러와의 계약을 거부했다. 그리고 정상가격을 주어야만 석유를 운반해 주겠다고 록펠러를 압박한다.

록펠러는 이에 대응하기 위해 고민을 거듭하다가 파이프라인을 배설하여 직접 오일을 운반하는 방법을 채택한다. 사실, 파이프라인 운반법은 다른 회사에서 조금씩 도입하고 있었다.

록펠러는 처음에는 이 방법을 쓰지 않았다. 송유관을 적극적으로 이용하면 철도회사 측의 심기를 건드는 것이 될까 봐 조심스러웠다. 오히려 얄밉게도 파이프가 생겨남으로써 일자리를 잃게 된 실업자들을 선동하여 경쟁사의 파이프라인을 파괴하는 물밑작업에 더 몰두하곤 했다.

그러나 이후, 록펠러 역시 파이프라인을 통한 운반법을 활용하게 된다. 이런 식으로 경제의 거인들이 전쟁을 계속하는 동안 노년의 밴더빌트는 거대한 유산을 아들 윌리엄에게 남긴 채 누구도 피할 수 없는 자연의 순리에 따라서 이제는 그 눈을 감았다.

밴더빌트는 살아생전 자신만의 제국을 건설했을 뿐만 아니라 본의 아니게 록펠러라는 거인을 만들어 내기도 한 셈이다.

밴더빌트의 죽음 이후에도 거인들의 전쟁은 계속되었다. 록펠러가 아무리 석유운반을 파이프라인으로 한다고 해도 먼 거리는 여전히 철도에 의지할 수밖에 없었다.

특히, 펜실베니아 피츠버그 쪽은 아직 파이프를 깔지 않았으므로 톰 스콧이 있는 펜실베니아 철도회사를 이용할 수밖에 없었는데 스콧은 이것이 바로 자신이 록펠러를 제압할 수 있는 카드라고 생각했다. 왜냐하면, 피츠버그에서 항구도시 뉴욕으로 가는 철도는 하나밖에 없었고 그 노선을 펜실베니아 철도회사가 운영하고 있었기 때문이다.

스콧은 이 카드를 자신의 가슴에 숨긴 채, 사업을 확장하기로 하는데 그가 선택한 분야가 바로 록펠러도 열심히 하고 있는 파이프라인 운반이었다. 결심이 선 스콧은 자회사인 '엠파이어 운송회사'를 세웠고 재빨리 파이프 공사를 시작한다. 이에 록펠러는 분노와 염려를 함께 느꼈다.

그해 3월 록펠러는 스콧을 찾아가 강력히 항의하지만, 스콧은 아랑곳하지 않았다. 왜냐하면, 록펠러의 피츠버그 정유소는 결국 펜실베니아 철도 회사의 열차를 이용하지 않을 수 없는 입장이었기에 스콧은 그가 유리한 게임이라고 판단한 것이다.

게다가 밴더빌트 역시 한때 뉴욕으로 통하는 유일한 철로를 봉쇄시킴으로써 그의 경쟁사들을 굴복시킨 적이 있지 않았던가. 스콧은 새로운 사업 부문으로의 진입을 더더욱 서둘렀다.

경제학에는 '게임이론'이라는 것이 있다. 여기에서 게임이라는 것은 효용을 추구하는 각각의 행위자들이, 전략적 선택을 통해 자신이 원하는 바를 최대한 얻기 위해 행하는 다양한 행동 양태들이 있는데 이것들이 서로 충돌하는 상황을 의미한다.

지금 스콧과 록펠러는 바야흐로 비협조적 게임의 한 형태인 '진입게임'을 하려 하는 것이다. 물론, 록펠러가 찾아왔을 때 스콧이 그와 함께 공동이익을 모색했다면 협조적 게임이 되었을 것이다. 그러나 스콧의 선택은 그것이 아니었다. 스콧은 '엠파이어 운송회사'라는 자회사를 통해 록펠러의 파이프라인 운송영역에 뛰어들었다.

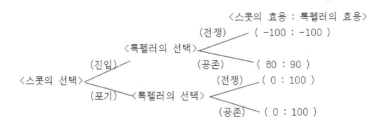

진입게임은 위의 표와 같이 정리할 수 있다. 즉, 스콧의 선택이 시장 진입이라면 그 다음은 록펠러가 선택해야 한다. 만약, 록펠러가 스콧의 시장 진입을 방해하기 위해 두 기업이 서로 '전쟁(치열한 경쟁)'을 한다면 스콧과 록펠러 모두 (-100 : -100)이라고 하는 손실을 보게 된다.

하지만 록펠러가 스콧의 진입을 인정하고 '공존(적당한 경쟁)'을 한다면 두 기업 모두 각각 '80'과 '90'이라는 효용을 얻을 수 있다. 만약 스콧이 시장에 진입하지 않는다면 스콧의 효용은 당연히 '0'이고 기존의 상태와 아무런 변화가 없는 록펠러로서는 기존의 효용인 '100'을 계속 누릴 수 있을 것이다.

보통 위와 같은 진입게임 상황이 되면 대부분 사람은 (80 : 90)을 선택하게 된다. 즉, 스콧은 '포기' 보다는 '진입'을 선택하는 것이 유리하고 이왕에 경쟁자가 '진입'을 선택한 상황이라면 록펠러로서는 손실(-100)을 주는 '전쟁'을 선택하기보다는 (90)의 효용이라도 지킬 수 있는 '공존'을 선택하는 것이 더 합리적이기 때문이다.

그러나 이런 관점에서 보자면 록펠러는 합리성을 추구하는 사람이 아니었다. 그는 오히려 자신의 마음속에서 스스로 확신하고 있는 자기만의 어떤 목적을 반드시 달성하고야 마는 그런 유형의 사람이었다. 그러므로 록펠러의 선택은 바로 (-100 : -100), 다시 말해 '전쟁'이었다.

그는 스콧과 출혈경쟁을 시작한다. 합리적 공존을 거부하고 경쟁자는 철저하게 밟아버리는 자신만의 목적을 위해 행동을 개시한 것이다. 록펠러는 피츠버그의 펜실베니아 철도회사가 석유를 운반할 일이 없도록 하기 위해 그의 피츠버그 정제소를 폐쇄해

버린다.

 그뿐만 아니라 그는 자신이 영향을 미칠 수 있는 다른 정유사
들에도 펜실베니아 철도회사에 운송을 맡기지 말라고 압력을 행
사한다.

 스콧은 처음에는 운임비용을 깎는 것으로 대응하였으나 그것
은 장기적으로는 통할 수 없는 무리수였고 게다가 대폭 줄어든
운송량 때문에 점점 자본이 메말라갔다. 결국, 스콧은 직원들의
임금을 삭감하고 노동자들을 대량 해고할 수밖에 없었다.

 1877년 7월 계속되는 정리해고에 분노한 펜실베니아 철도 회사
노동자들은 단체행동을 단행하는데 그 정도가 지나쳐 피츠버그
에서만 유조차 500대, 기관차 120대, 건물 27개가 불에 타 사라
져 버렸다. 심지어 정부가 군대를 동원해서야 비로소 파업을 진
압할 수 있었다.

 톰 스콧은 그렇게 몰락했다. 록펠러는 스콧의 엠파이어 자회사
가 가지고 있던 자산들을 헐값에 사들였다. 스콧의 몰락 소식은
그를 사업적 스승이자 인생의 은인으로 여기고 있는 앤드류 카네
기의 가슴을 아프게 했다. 스콧은 이 실패를 겪고 다시 재기하지
못했다. 오래지 않아 그는 세상을 등지게 된다.

 실패라는 것은 성공한 사업가가 지나쳐야 하는 하나의 통과의
례가 되기도 한다. LG그룹의 창업주 구인회 회장도 젊은 시절 구
인회 상회를 운영하다가 큰 실패를 맛보게 된다. 1936년 7월, 억

수같이 퍼붓던 비가 폭우로 거세지더니 진주 남강이 불어나 홍수로 이어진 것이다.

구인회 상점은 그야말로 물대포를 맞은 격이 되었다. 가게의 물품들은 하나도 남아나지 못해서 청년 구인회는 상심이 이만저만이 아니었다.

그는 앞으로 어떻게 해야 하나를 놓고 고민하다가 한 가지 생각이 떠올랐다. 그리고는 전부터 안면이 있는 원창약방 주인 원준옥을 찾아가 돈을 빌려서 새 사업을 준비하기 시작했다.

그렇다면 구인회의 머릿속에는 어떤 생각이 떠올랐던 것일까? 쉽게 정리하면 다음과 같다.

큰 장마 ⇒ 무더위 ⇒ 곡식과 과일 등의 대풍년 ⇒ 농가 소득 증가 ⇒ 농민들의 아들딸 혼인 증가 ⇒ 그러므로 올가을 비단과 광목의 수요증가

구인회는 그가 구할 수 있는 최대한으로 여러 가지 포목을 구입하여 물량을 확보해 두었다. 그리고 가을이 오자 그의 예상대로 옷감을 찾는 손님들이 끊이지 않았다. 구인회의 포목가게는 손님들로 장사진을 이루었고 그는 다시 사업을 계속해 나갈 수 있게 된 것이다. 실패 속에서도 포기하지 않고 새로운 아이디어를 낸 구인회 회장의 이런 정신은 사람들에게 좋은 본보기가 된다.

록펠러는 경쟁자를 제거하는 데는 그야말로 냉혈한이었다. 게다가 그 방법도 정말 다양했다. 한번은 어떤 신생 정유사가 생겨나 록펠러의 이러한 만행을 규탄하면서 록펠러를 제외한 석유회사들의 연합 및 합병을 주장했다.

동종업계 사업자 중에 록펠러에게 원한을 가진 자들이 많았기에 기꺼이 그들의 회사를 내놓기까지 하면서 이 주장에 동조했는데 알고 보니 그 신생회사는 바로 스탠더드 오일의 자회사였던 것이다.

이를 통해서도 알 수 있듯이 사업을 할 때 록펠러가 보여준 잔혹함과 간사한 꾀는 마치 후한 말, 삼국지의 주인공 조조가 다시 태어난 것 같기도 하다.

록펠러에게 처참하게 패배한 톰 스콧은 본래 가난한 집안 출신이었다. 그는 10살 때부터 직업전선에 뛰어들어야 했는데 그가 가진 특유의 성실함과 영민함으로 집안을 일으킨 자수성가형 인물이었다.

펜실베니아 철도회사의 피츠버그 지부 국장으로 있던 스콧은 사업상 전보를 쳐야 할 일이 많았는데 그러다 보니 당시 전신국에서 일하던 어린 카네기와 자주 마주칠 수밖에 없었다.

게다가 톰 스콧 본인과 비슷하게도 가난한 집안에서 태어나 학교에 가지 못한 채 직업전선에서 고군분투하고 있는 카네기의 모습은 그에게 어떤 동병상련을 느끼게 했을지도 모를 일이다. 스콧은 카네기를 자기가 있는 펜실베니아 철도 회사에 취업시킨다. 카네기로서는 좋은 문이 열린 것이다.

그러던 어느 날 회사에 출근한 카네기는 열차의 탈선 사고가 있었다는 급한 전보를 받게 된다. 게다가 교통마비까지 극심하다는 소식이었다. 이런 경우 총책임자가 전신을 통해서 열차의 운행을 지시해 주어야 한다.

하지만 엎친 데 덮친 격으로 스콧은 그 자리에 있지 않았다. 카네기는 위기의 순간 자신의 마음을 다시 한 번 다잡고 스콧의 이름으로 전신을 보내 철도 노선을 조정하는 지시를 내렸다.

노선을 변경하는 것은 한 치의 실수도 용납하지 않는 어려운 일이었다. 지시가 잘못될 경우 오히려 더 큰 사고로 이어질 수도 있다. 카네기가 스콧을 대신하고 있을 때, 스콧은 급하게 문을 열고 들어왔다.

놀란 카네기는 더듬거리며 상황을 설명했고 스콧은 철도가 규칙적으로 잘 움직이고 있는지 확인했다. 사실은 바로 이때가 카네기가 회사의 여러 사람에게 이름을 알리게 되는 그런 계기가 된 순간이다. 며칠 뒤 펜실베니아 철도 사장인 에드가 톰슨도 카네기를 보기 위해 직접 방문했을 정도였다.

1861년 4월 12일 남북전쟁이 발발했다. 북부의 국방부 차관이 되어 군수품 수송 업무를 맡게 된 스콧은 워싱턴 전시 사무국으로 가면서 카네기를 데리고 간다. 전쟁의 보급품들을 운반하기 위해 철로 위 열차는 더욱 빈번하게 이동했다. 그러다 보니 목재로 만든 다리는 오래 견디지 못하고 무너져 내렸다. 카네기는 이때 철교의 필요성을 직감한다.

카네기는 스콧의 도움으로 '키스톤 교량회사(Keystone Bridge)'라는 이름의 철교회사를 설립한다. 은행으로부터 500달러의 대출금을 받아 만든 이 회사는 품질을 중시하는 경영을 통해 하루하루 잘 버텨내고 있었다.

그러던 어느 날 한 건설회사가 미시시피 강에 철교를 건설할 것이라는 광고를 냈고 이를 본 카네기 역시 키스톤 교량회사의 이름으로 입찰에 참여했다. 그러나 낙찰은 시카고의 다른 회사에 돌아갔다.

그렇게 좋은 기회가 그냥 흘러가나 싶은 순간, 카네기는 낙찰받은 회사가 큰 실수를 범하고 있음을 간파했다. 이 회사는 다리를 주철로 만들려고 하고 있었다. 카네기는 입찰을 붙인 건설사를 찾아가 다리 건설을 주철로 하였을 때의 문제점을 설명했다.

"주철로 다리를 만든다면, 미시시피 강을 지나가던 증기선이 실수로 다리와 충돌하는 사고를 냈을 때 반드시 대형참사로 이어질 것입니다. 왜냐하면, 주철은 충돌하는 순간 부서지며 무너질 테니까요. 그러나 우리 회사는 연철을 사용합니다. 그러면 만약 기선과 충돌을 하게 되어도 그냥 휘어지는 정도로 끝날 겁니다."

이로 인해 키스톤 교량 회사는 이 사업을 가져올 수 있었고 500달러의 대출금으로 출발했던 이 회사는 얼마 지나지 않아 40만 달러로 그 가치가 껑충 뛰어올랐다.

카네기는 이제 적극적으로 제철사업에 뛰어든다. 그는 당시 미국 제철소에서는 거의 쓰이지 않았던 독일 지멘스의 가스 용광로를 사들인다. 피츠버그의 다른 제철소 사장들은 과도한 비용을 지출한 카네기의 결정을 이해하지 못했으나 시간이 흐를수록 카네기의 선택이 빛을 발하게 되었다.

왜냐하면, 새 용광로 덕분에 철을 가열할 때의 효율성이 높아져 공장의 자재 낭비가 절반으로 줄어들었기 때문이다. 즉, 공장을 돌리면 돌릴수록 카네기의 공장이 다른 공장보다 좋은 성과가 나올 수밖에 없는 구조가 된 것이다.

1972년에 카네기는 영국으로 가서 헨리 베세머가 운영하는 세필드 제강소를 찾아간다. 강철 때문이었다.

베세머는 참으로 우연히 강철 만드는 법을 개발해낸 사람이다. 하루는 그의 공장에 갑작스러운 돌풍이 불었는데 용광로에서 쏟아진 쇳물과 그 바람이 만나서 폭발하는 듯하더니 어느새 그곳에는 강철이 만들어져 있었던 것이다. 지금까지는 강철을 만드는 과정이 복잡하고 비용이 많이 들어 소량생산할 수밖에 없었다.

그러나 베세머는 자기 공장에서 있었던 우연한 사건으로 도가니에 쇳물을 붓고 공기를 주입해서 손쉽게 강철을 만들 수 있게 된 것이다.

그의 공장을 방문하고 강철의 대량생산이 가능하다는 것을 확인한 카네기는 강철에 자신이 가진 모든 것을 투자한다. 강철 시대가 오자 수많은 고층 마천루가 건설되기 시작했다. 이전의 석조건물은 5층 높이가 한계였으나 이제는 끝없이 건물을 올릴 수 있게 된 것이다.

그곳에 들어가는 강철은 베세머의 제강법을 도입한 카네기의 철강이었다. 건물이 높아질수록 카네기의 재산과 위상이 함께 수직으로 상승하고 있었다.

여기까지 이야기하던 오라클은 영준과 준서, 윤지를 차례로 보았다. 그리고 특별히 준서에게 눈을 맞춘 뒤 물었다.

"어때? 태양이. 슬슬 마음속에서 어떤 탐욕과 욕망이 솟아오르나? 가슴이 뜨거워지느냐 이 말이야."

준서는 약간 흥분한 목소리로 말했다.

"예, 정말 대단한 것 같아요. 막연하게만 생각하던 산업의 발전이라는 것이 내부적으로 들여다보면 이렇게 드라마틱한 사건들이 만나고 만나서 이루어졌다는 것이 정말 놀랍네요."

"허허~! 경제라는 것은 분명히 살아 움직이고 있는 거야. 산업의 발전이라는 것은 우리 몸의 세포가 죽었다가 생성되고 하듯이 유기적으로 움직이고 있는 거지. 세월이 흐르면서 어떤 부분은 사양산업이 되고 어떤 부분은 떠오르는 산업이 되는 거야.

일단 이것을 인정해야 해. 경제의 생태계라는 것이 분명 쓰러지는 이들이 있어야 그 자양분을 중심으로 새로운 거인이 탄생하는 거지. 이것을 부정하면 경제는 발전할 수가 없는 거야. 그저 함께 늙어갈 뿐이지.

그리고 투자를 하는 사람들은 유기적으로 변하는 산업의 이동을 잘 살펴야 해. 어떤 산업이 조금씩 사라져 가고 있는 영역이고 어떤 산업이 새롭게 부상하는 것인지 이것을 간파할 줄 아는 능력이 있어야 하는 거야."

11

대의불사 大意不死

셋은 모두 오라클의 이야기를 경청하고 있었다. 그때 윤지가 말했다.

"그런데 현자님, 기업의 흥망성쇠라는 것은 다양한 원인 때문에 생기는 것 같은데 과거 우리나라의 IMF 때 무너져버린 대우그룹은 우리가 어떤 관점으로 봐야 하나요?"

오라클이 대답했다.

"흠~, 좋은 질문이야, 우리 바람이. 대한민국 경제사에 있어서 IMF와 대우그룹에 관해서 이야기하지 않을 수 없지. 그 사건을 어떻게 보느냐에 따라서 경제를 바라보는 자신의 관점이 어떠한지를 선명하게 깨닫게 되지.

대우의 몰락은 '스스로 불러온 것일까, 아니면 외부세력에 의한 기획 해체일까?' 이것부터가 서로 다른 입장에 선 사람들끼리 치열하게 논쟁을 하는 이슈가 되고 있지. 현재까지도."

오라클은 잠시 하늘을 쳐다보며 두 눈을 가늘게 떴다. 그리고 조용히 말을 이어나갔다.

"그래, 그 부분부터 이야기를 시작하자고."

1999년 노스트라다무스의 지구 종말설은 틀린 이야기로 증명 되었으나 어떤 이들에게는 그 예언이 현실처럼 느껴졌을 것이다. 이학수 삼성 구조조정본부장은 이미 작년 말 신장암 선고를 받 은 바 있었다.

그러나 그는 두 차례의 수술 일정 모두 미루지 않을 수 없었다. 대우의 장병주 사장 역시 작년 초 위암 수술을 받았으며 아직 완 쾌되지 못한 몸으로 출근하여 회사의 명운을 위해 자신이 가진 모든 것을 걸 수밖에 없었다.

경제 전쟁이라는 것은 바로 이런 것이다. 커피숍에 앉아 무심 한 표정으로 바깥 건물을 바라다보면 별다른 감흥 없이 큰 건물 들이 조용히 그저 우뚝 서 있기만 한 것 같지만, 그 안에서는 소 리 없는 아우성처럼 이 사람, 저 사람의 비명이 그 주변을 가득가 득 채워나간다.

특히, IMF라는 세찬 파도의 여파에 의해 두 기업이 빅딜이라는 이름으로 서로 주고받기를 해야 하는 협상이라는 것은 이미 군사 작전을 방불케 하는 첩보전이 되어 버린다.

1998년 10월 기아자동차 입찰에 실패한 삼성자동차는 어느덧 삼성그룹의 애물단지가 되어버렸다. 그때의 삼성으로서는 자동차 사업을 이어나가기가 여간 부담스러운 것이 아니었다.

이때, 1998년 11월 하순 대우가 삼성그룹에 자동차 빅딜을 제안한다. 일반적으로 이렇게 알려졌다. 그런데 이 부분에서 김우중 회장의 이야기는 좀 다르다.

"사업적으로 봤을 때 우리는 삼성차를 인수할 이유가 없어요."

대우가 쌍용차를 인수(1997년)했던 이유는 대우가 갖고 있지 않은 대형차와 SUV(Sport Utility Vehicle) 라인 그리고 벤츠 엔진을 쓸 수 있다는 강점 때문이었다.

그러나 삼성은 대우와 차종이 겹치기 때문에 별다른 시너지 효과가 있을 수 없으므로 대우 쪽에서 먼저 삼성자동차에 대해 굳이 협상제의를 할 필요가 없었다는 것이 김 회장의 증언이다.

더구나 그때의 삼성 자동차는 설비와 기술을 일본에서 갖고 오면서 큰 비용이 들어갈 수밖에 없는 상황이었다고 그는 이야기한다. 한 마디로 대우가 굳이 삼성과의 빅딜을 먼저 제안할 이유가 없었다고 말하고 있다.

협상이라는 것은 첫 단추를 어떻게 끼워 넣느냐부터 이미 팽팽한 줄다리기가 시작되는 것이다. 더구나 거대 기업 간의 빅딜이라는 것은 기업의 명운을 걸고 벌어지는 치열한 전쟁이다.

그래서 빅딜을 누가 먼저 제안했는가 하는 첫 번째 관문부터 우리는 초미의 관심을 갖지 않을 수 없다. 그래서일까, 삼성자동차와 대우전자를 주고받는 빅딜[3]을 누가 먼저 했는가에 대한 증언들은 서로 엇갈리고 있다.

김우중 회장의 이야기와는 달리 이학수 당시 삼성그룹 구조조정본부장의 말에 따르면 빅딜은 김우중 회장의 아이디어라고 이야기한다. 공식 제안은 김태구 당시 대우자동차 사장이 해 왔다는 것이다. 사실, 그때의 정황을 본다면 이 이야기도 신빙성이 있다. 대우가 점점 코너로 몰려가는 상황 속에서 김우중 회장이 최후의 승부수를 던졌을 가능성은 얼마든지 있기 때문이다.

상상력을 발휘해보자. 대우는 세계경영이라는 깃발 아래 키르기스스탄, 파키스탄, 우즈베키스탄, 루마니아, 리비아 등 지금도 다소 생소하게 느껴지는 국가들에 진출하여 그 나라들을 산업화시키면서 수익을 창출해내는 시스템이었다.

물론, 이러한 방법은 가히 천재적이고 진취적이다. 그리고 성공적으로 마지막 종착역까지 이르게 되면 엄청난 고수익이 창출된다. 게다가 이런 과정에서 형성되는 인맥이라고 하는 무형자산까지 합치면 몇십, 몇백 배의 시너지 효과를 거둘 수 있다.

하지만 이런 모델의 피할 수 없는 약점은 고수익 구조로 가기까지 상당한 시간이 걸린다는 점이다. 시장이 아직 형성되지 못한 국가들 속으로 뛰어들어가 그 시장을 창출시키면서 사업을 하는

---

3) 삼성자동차를 대우가 가져가고 대우전자를 삼성이 가져간다는 것.

것이기에 아무래도 시장체계가 이미 구축된 국가에서 일을 벌이는 것과는 많은 차이가 있으리라.

대우는 세계경영이라는 이름으로 이제 막 경제가 깨어나고 있는 신흥 시장에 많이 진출해 있었다. 만약 대한민국에 IMF 외환위기라는 충격이 오지 않았다고 한다면 김우중 회장의 경영수완으로 대우그룹의 세계경영은 결국 성공을 거두었을 것이다.

게다가 당시 대우그룹은 경기고, 서울대 출신이 가장 많다고 알려진 인재의 산실 아니던가? 그러나 불행히도 대한민국은 외환위기를 맞게 되었고 IMF 구제금융을 신청하게 된다. 그리고 IMF는 다른 어떤 나라들보다도 유독 대한민국에 가혹한 조건을 내세워 구조조정을 촉구하기에 이른다.

사실, 최근의 그리스를 대하는 IMF와 그 당시 대한민국을 다루는 IMF의 온도 차는 너무나도 크게 느껴져서 은연중에 혹시 '인종차별의 심리가 작용한 것은 아닐까?' 하는 생각마저 가끔 들기도 한다.

IMF는 대한민국에 고금리 정책을 요구했는데 금리가 올라간다는 것은 기업으로서는 혈관이 막혀버리는 총체적 위기로 이어질 확률이 매우 높다. 더구나 대우와 같은 사업구조를 가진 회사는 자금의 융통이 무엇보다 절실한데 고금리 정책 이후 점점 숨이 조여오는 것을 느꼈으리라.

이런 위기의 순간에는 반전 카드를 꺼내 들어야 위기를 타개할 길이 생기는 법. 베테랑 중의 베테랑, 승부사 중의 승부사 김우중 회장이 이 순간 꺼내 든 카드가 바로 빅딜 전략일 수 있다는 것이다.

빅딜이라는 명분으로 대우에서 떼어낼 것은 떼어내고 챙길 것은 챙기는, 거기다 이런 과정에서 정부의 지원금까지 끌어올 수 있다면 고금리의 파도도 견딜 만한 정도의 크기로 약해질 수 있을지도 모른다.

이러한 상황을 반추해보면 빅딜은 김우중 회장이 던진 마지막 조커일 가능성이 충분히 있다. 이런 상상을 바탕으로 깔아버리면, 현재 정치권에 있지만, 한때 대우맨으로 활약했던 이한구 씨의 이야기가 예사롭지 않게 들린다.

그는 한국에 IMF가 상륙했을 때 위기 극복을 위해 대우경제연구소가 그 당시 처음으로 산업간 빅딜을 정부에 제안했다고 기술한 바 있다.

대우경제연구소의 분석에 따르면 국내 산업은 과잉투자 상태이고 이 부분을 정리해야만 국가경쟁력이 다시 살아날 수 있다는 것이다.

이런 와중에 IMF가 한국을 강타했고 정부는 대우경제연구소의 연구 발표를 참고하여 중화학, 석유화학, 전자, 자동차 등의 분야에 빅딜을 시작했다.

빅딜의 출발점. 재미나게도 이헌재 당시 금융감독위원회 위원

장 이야기는 또 다르다. 그의 말에 따르면 빅딜은 삼성이 먼저 제안을 해왔다고 한다.

이 딜을 중매 선 것은 당시 김종필 국무총리인데 1998년 11월 말쯤, 그가 총리실 주재 장관회의에서 이헌재 씨에게 삼성이 빅딜에 참여할 의사가 있으며 자동차를 넘기고 싶어한다는 이야기를 했다는 것.

그리고 이학수 씨에게 전화를 걸어 이건희 회장의 의사를 확인하고 그 후, 삼성차와 대우전자 간의 맞교환 빅딜이 시작되었다는 것.

그가 밝힌 빅딜의 출발은 삼성이었다. 같은 시간 같은 일을 놓고서도 사람들의 기억은 이토록 서로 엇갈린다. 어쩌면 동상이몽. 기억이 다른 것이 아니라 애초에 상황 인식부터 달랐을지 모른다. 이런 상황에서 빅딜이 순조롭기는 거의 불가능에 가까웠다.

"제가 어렸을 때라서 잘 모르겠는데 그때 빅딜은 결국 무산되었나요?"

준서가 물었다.

"그렇지. 삼성은 대우와 오랫동안 협상을 하다가 마지막에는 결국 독자적으로 법정관리를 신청하지. 대우는 삼성과의 빅딜에 실패하면서 마지막 활로조차 막힌 셈이 된 거야."

쪼로록~

오라클은 이야기하면서 어느새 8번째 바나나 우유까지 다 마셨다. 그리고 9번째 바나나 우유에 새하얀 빨대를 힘껏 꽂았다. 그리고 그는 진지한 표정으로 하던 말을 계속했다.

"당시 대우의 회계담당자 중 한 사람이 대우전자의 회계장부를 들고 삼성으로 갔다는 이야기가 떠돌기도 했지. 만약 이것이 사실이라면 이 게임의 승부는 이미 결판이 난 것이지.

그 어떤 도박사도 자신의 카드가 상대방에게 오롯이 까발려져 버린다면 다른 방도가 없는 거야. 그것으로 그 게임을 접어야지. 김우중 회장이 아무리 M&A의 귀재였다고 해도 이렇게 된 이상 모든 게 허사가 된 거지."

이때, 영준이 물었다.

"결국, 외환위기가 터지면서 우리 정부는 IMF 구제금융을 신청하게 되고 그래서 IMF는 한국에 강력한 구조조정과 고금리 정책을 요구한 것이고 그 여파로 무너진 기업이 세계경영을 지향한 대우그룹이었다는 건데요, IMF는 왜 그렇게 한국에만 유독 가혹하게 했나요?"

"흠~"

오라클은 잠시 눈을 감았다가 떴다. 무언가 만감이 교차하는 표정이었다. 그리고 이야기를 하기 전 습관대로 바나나우유를 한 모금 마시고 영준의 질문에 대답하기 시작했다.

"당시 IMF 총재가 미셸 캉드쉬였었나? 그랬던 거로 기억되는

데. 어쨌든 시간이 흐른 뒤 IMF 측 사람들도 그때 한국은 고금리 정책을 할 필요가 없었는데 IMF가 그 부분까지 요구한 것은 잘못된 점이 분명 있다고 시인을 하지.

대한민국의 외환위기는 다른 아시아 국가들이 겪은 외환위기와 달랐거든. 이를테면 태국 같은 나라는 그 나라 화폐인 바트화를 조지 소로스와 같은 투기꾼들이 공격을 가했지. 즉, 이런 투기 세력을 몰아내기 위해서는 금리 인상과 같은 조치를 단행할 필요가 있는 거야.

하지만 한국은 이런 세력들이 공격해서 외환위기가 온 것이 아니었거든. 그러니 그렇게 성급하게 고금리 정책을 시행할 필요가 없었는데 IMF는 한국 정부에 고금리를 요구했고 그 여파가 대우와 같은 기업가들에게 미치기 시작한 거지. 어쩌면, 선진국에서 볼 때는 한국의 IMF 구제금융 신청이 한국을 길들이기에 딱 안성맞춤이었을지도 몰라.

대우의 세계경영만 해도 그래. 소위 제3세계라고 하는 나라마다 대우의 깃발이 나부끼는데 이것은 다른 선진국 기업들을 위협하는 데 충분했지.

내 생각에는 말이지 세계경영의 가장 큰 장점은 바로 인적 네트워크 구축이야. 특히, 경제적으로 발전이 덜 된 나라일수록 보통 독재국가의 정치형태를 띠는데 그러다 보니 이 독재자와 깊은 관계를 맺으면 그 열매는 거의 독점을 할 수 있게 되는 거야.

대우의 김우중 회장은 바로 이런 역할을 한 거지. 이를테면 리비아의 카다피도 대우그룹을 거의 전적으로 신뢰하다시피 했거든. 이렇게 되면 리비아에서 이뤄지는 대부분 공사는 대우가 차지하게 되는 거야. 실제로 그랬고.

즉, 선진국 기업들조차 함부로 깨기 어려운 유리 벽이 형성되지. 이런 상황에서 때마침 한국이 구제금융을 신청하니까 옳다구나 기회가 왔다 하고 세계시장에서 한 가닥씩들 하고 있다는 한국의 소위 잘나가는 대기업들을 꿀밤 한 대씩 때려주면서 군기 잡기를 할 수 있었던 거지. 물론, 세계경영을 활발히 펼쳤던 대우는 급소를 맞아버렸지만."

"그럼 현자님, 도대체 우리나라에 IMF 외환위기는 왜 찾아온 건가요?"

윤지가 물었다. 오라클은 윤지의 물음에는 항상 방긋 웃으며 즐거워하는 표정이 역력하다. 9번째 바나나우유를 두 번이나 연속으로 들이마신 뒤 말을 시작했다.

"어이구~, 우리 바람이~! 질문도 항상 예리해. 허허허~! 똑똑하구먼."

그렇게 웃으며 말하던 오라클은 다시 진지한 표정을 하며 이야기를 이어갔다. 준서가 보기에 진지한 표정의 노인이 한 손에는 빨대 꽂은 바나나 우유를 들고 있고 그 앞에는 이미 다 마신 빈

통의 바나나 우유 8개와 나머지 아직 뚜껑을 뜯지 않은 바나나 우유 하나가 더 놓여 있는 광경은 여간 우스운 것이 아니었다. 아~! 잊지 못할 해괴한 광경이여!

"IMF라~! 그것은 어찌 보면 피할 수 없는 운명 같은 것이었지. 우리나라는 그동안 고도성장을 해왔어. 다른 나라가 부러워할 만한 한강의 기적을 일궈냈지. 그러나 그러한 압축 고도성장 뒤에는 그 후유증이 따르기 마련인 거야. 그것이 97년 즈음하여 한꺼번에 터져버린 거지.

우선, 그해 연초부터 한보철강이 부도가 나지. 그리고 봄이 와도 봄 같지 않은 살벌한 시간이 계속되면서 삼미, 진로, 대농, 한신공영과 같은 기업들이 순서대로 무너지기 시작했어. 나라 밖에서는 태국의 바트화, 인도네시아의 루피화 등이 투기공격을 당하면서 폭락을 하고 무더운 여름 우리나라에서는 기아자동차가 사실상의 부도를 내게 되지.

그리고 9월 즈음 외환시장 개장 40분 만에 대미 달러 환율이 당시 변동폭 상한선이었던 964원까지 수직상승, 10월에는 쌍방울, 태일정밀이 부도, 이 무렵 대만은 외환 방어를 포기했고, 그리고 홍콩의 증시가 폭락, 또 우리나라 주가지수는 500선이 붕괴하여 버렸지. 참고로 지금은 우리나라 주가가 2,000선을 오르락내리락 하고 있지? 뭐, 아무튼.

모건 스탠리는 '아시아를 떠나라'라는 보고서를 발표했지. 이런 과정을 거치면서 S&P, 무디스 등은 우리나라의 국가 신용등급을 하향조정시켰고 10월 말 외환시장 개장 8분 만에 대미 달러 환율이 1일 변동폭 상한선까지 다시 폭등, 해태 부도, 뉴코아 부도, 블룸버그는 한국의 외환보유고가 20억 달러라고 보도하고 11월 말쯤 1일 환율변동폭을 2.25%에서 10%로 확대했으나 확대된 변동폭 상한선까지 환율은 다시 폭등 결국 대한민국 정부는 11월 21일 IMF에 구제 금융을 신청하게 되지.

나쁜 일은 함께 온다고 했는데 이건 뭐 순식간에 도미노처럼 무너져 버렸으니 어떻게 손을 써볼 수도 없는 상황인 거야. 게다가 이런 과정이 진행되는 동안 대한민국은 대선 레이스가 한창이었거든.

그래서 더욱 얄궂은 운명이라는 거야. 이미 레임덕에 빠져있던 그 당시 대한민국 정부가 어떤 묘책을 찾아 위기를 극복한다는 것은 거의 불가능에 가까운 일이었던 거지. 뜨겁게 달아오른 대선 레이스의 한복판에서는 떨어지는 낙엽까지도 정치적으로 해석되는 것 아니겠나? 모든 것이 정치라는 블랙홀 속으로 그렇게 빨려 들어가기만 했던 거지."

오라클은 영준, 준서, 윤지의 얼굴을 순서대로 보았다. 그리고 그의 습관대로 바나나우유를 쭈욱 빨아 마셨다. 긴장된 이야기가 계속되다 보니 바나나우유가 줄어드는 속도도 그만큼 빨랐다. 빈 통이 되어버린 9번째 바나나 우유 통을 바닥에 내려놓으며 10번째 통을 집어 드는 찰나 오라클이 입을 열었다.

"이봐, 바람이."

"네~, 현자님."

"저쪽 편의점에 가서 나를 위해 바나나우유 2개만 더 사다 주겠나?"

윤지는 웃으며 답했다.

"아~, 네~. 당연히 그래야죠. 이렇게 좋은 이야기를 해주시는데. 얼른 다녀올게요."

이렇게 말하며 윤지는 편의점을 향해 뛰는 듯 걷는 듯 서둘러 가기 시작했다. 그러자 오라클이 이번에는 준서를 향해 입을 열었다.

"이봐, 태양이."

"네네."

"자네, 바람의 소리를 듣는 방법을 알고 있나?"

준서는 오라클이 하는 말이 어떤 의미인지 몰라 잠깐 의아한 표정을 지었다. 그러는 사이 오라클이 다시 말했다.

"바람의 진짜 이야기를 듣고 싶다면 그것은 귀로 듣는 것이 아니라네. 코끝으로 전해오는 바람의 향기를 맡을 줄 알아야 해. 시원한 느낌 그 느낌이 코를 통해 몸속으로 들어오는 순간 자네의 가슴 속에서부터 바람의 진짜 이야기가 느껴지기 시작할 거야.

그것이 바로 바람의 소리를 듣는 방법이야."

"무슨 말씀이신지…"

"허허허허~! 곧 알게 되겠지. 난 자네의 선한 눈이 마음에 들어."

이렇게 말을 하던 오라클은 자신의 외투 안주머니에 손을 넣더니 주섬주섬 무언가를 꺼냈다. 자세히 보니 노란색 편지 봉투였다.

"태양이, 나는 운명론자야. 사람은 나름의 운명을 타고난다고 생각하지. 그런데 말이야 난 다른 운명론자들과는 좀 달라. 다시 말해 분명 타고나는 운명이 있기는 하지만 몇몇은 그 운명을 바꾸기도 한다는 거지. 평범함의 운명을 타고 태어난 사람도 때로는 위대한 일을 하게 되는 운명으로 자신의 삶을 바꿀 수 있다는 거야.

이 봉투 안에는 한 장의 종이가 들어 있는데 그 종이에는 자신의 운명을 바꿀 수 있는 방법이 적혀있지. 이걸 자네에게 줄 테니 집에 가서 읽어 보라고. 단, 주의할 점이 하나 있어. 절대로 밝을 때 읽으면 안 돼. 이따 한밤중이 되거든 어두운 곳에서 열어봐. 알겠나?"

윤지는 양손에 바나나우유를 들고 웃으며 성큼성큼 걸어오고 있었다. 윤지가 자리에 앉자 오라클은 하던 이야기를 계속 이어나갔다.

"외환위기라는 것은 외환보유고가 바닥이 났다는 거지. 그럼, 그때 우리나라는 왜 외환이 바닥이 나기 시작했을까? 이봐, 광대 녀석! 이 부분은 내가 자네에게는 전에 얘기해 준 게 있는 거 같은데, 아닌가?"

영준이 대답했다.

"앗! 맞습니다, 현자님. 그럼 이 부분은 제가 이야기해 볼까요?"

"그래, 자네가 한번 해봐."

"네네!"

영준은 고개를 돌려 준서와 윤지를 향해 이야기하기 시작했다.

"흠흠, 잘 들어 얘들아. 우선 일본은 그때 저금리 정책을 하고 있었어. 그리고 태국이나 말레이시아 같은 국가들은 비약적인 경제성장을 하고 있었고. 이 틈새를 이용해서 장사한 것이 바로 우리나라 금융 기관이야. 즉, 일본의 금융기관에서 저금리로 돈을 빌린 뒤, 태국이나 말레이시아와 같이 경제를 키우느라 돈이 필요한 나라들에 고금리로 그 돈을 빌려준 거야. 즉, 금리의 차이만큼 우리나라 금융기관들이 돈을 벌고 있었던 거지. 처음에는 물론 순조로웠지. 하지만 비약적인 경제성장을 한다는 것은 결국 부채에 그만큼 취약해질 수 있는 위험성도 함께 내포하는 거 아니겠어?

우리나라 금융기관에서 돈을 빌린 태국이나 말레이시아의 기업들이 어느 순간 무너지기 시작한 거야. 즉, 우리는 갑자기 돈을 떼일 위기에 처하게 된 거지.

일본의 금융기관은 슬슬 만기가 다가왔으니 돈을 내놓으라고 하고, 우리가 돈을 빌려준 기업들은 부도가 나기 시작하고, 결국 빌려준 돈을 받을 방법도 빌린 돈을 갚을 방법도 없어진 거지. 즉, 우리나라 금융기관들이 부도위기에 놓이게 된 거야. 그러다 보니 위기에 빠진 금융기관을 살리기 위해서 우리 정부가 나서지 않을 수 없게 된 거야.

그래서 외환보유고를 풀어서 금융기관들의 빚을 대신 갚아 주었고 그 결과 국고의 외환은 급격히 줄어들었지. 결국, 우리나라 외환위기는 말이야 소로스랑은 아무 상관이 없어. 크크크."

웃음을 띠며 그 속에 뼈아픈 한 마디를 담아내는 것까지 참으로 영준이 형다운 설명이라고 준서는 속으로 생각했다. 오라클이 말했다.

"광대 녀석, 잘 알고 있구먼. 어때, 바람이. 당시 어떤 흐름 속에서 외환위기로 빨려 들어간 건지 감이 좀 오는가?"

이에 윤지가 답했다.

"네, 현자님. 그런데 바나나 우유 2개로 모자라지 않으세요? 더 사올까요?"

"허허허, 괜찮아. 더 먹으면 안 돼. 이거 다 먹으면 벌써 12개째 니까. 허허허."

"하하하하."

12개째라는 얘기에 모두가 한바탕 크게 웃었다.

웃음이 잦아질 때쯤 준서가 말했다.

"결국, IMF라는 파도에 휩쓸려 대우그룹이 무너졌으니 대마불사大馬不死라는 얘기는 이제 틀린 것이 되는군요."

이에 오라클이 입을 열었다.

"그렇지. 사실 대마불사라는 말은 애초부터 성립되지 않는 이야기야. 대마도 얼마든지 죽을 수 있지. 하지만 내가 생각하는 변치 않는 진리가 하나 있다네.

그것은 바로 대의불사大意不死지. 대의는 죽지 않아. 웅대한 의지는 누군가 이어받아서 계속 그 목표를 향해 나아가야 하는 거야. 그런 사람 중에 자네들이 끼어있기를 바라는 거지. 잘들 할 수 있겠나?"

"네엣!"

셋은 약속이나 한 듯이 함께 외쳤다.

12

운명을 바꾸는 키워드

대학로 오라클은 슬슬 저녁이 되자 돌아가야 한다며 자리에서 일어나 먼 곳으로 사라져 갔다. 영준 역시 저녁에 약속이 있다는 이야기를 하며 성급히 버스에 몸을 올렸다.

준서는 영준이 형이 아마도 준서 자신과 윤지가 함께 있는 시간을 만들어 주기 위해 얼른 자리를 피해 준 것이 아닌가 하는 생각이 들었다.

어쨌거나, 이제 해가 뉘엿뉘엿 떨어지면서 슬슬 어두워지고 있었다. 오라클이 먹고 남긴 바나나 우유 통 12개는 준서와 윤지가 함께 주워담아 주변 쓰레기통에 갖다 버렸다. 그리고 준서가 윤지에게 말했다.

"시간도 그렇고 저녁이나 먹고 갈까?"

"그래, 좋아."

그렇게 둘은 마로니에 공원에서 동성 고등학교가 있는 쪽을 향하여 슬슬 대학로의 길을 거슬러 올라가기 시작했다.

"그런데 대학로 오라클의 정체는 과연 뭘까?"

준서가 물었다.

"글쎄, 영준 오빠가 사업하던 사람이라고 했잖아."

"근데, 그냥 사업만 했던 사람이라고 보기에는 뭔가 사건들을 깊이 알고 있는 것 같아. 아무래도 외환위기 당시에 뭔가 관련된 일을 한 것 같아."

이때 윤지가 준서의 손을 잡으며 말했다.

"뭐, 대학로 오라클의 정체도 좋지만, 우리는 서로의 정체도 좀 파악해 봐야 하는 거 아냐?"

"뭐?! 하하하!"

준서는 자기도 모르게 웃음이 나왔다. 윤지의 손을 꼭 잡은 채 그대로 다시 길을 걷기 시작했다. 엄마 손 이외의 여자 손을 잡고 걸어보기는 준서의 일생에 처음이었다. 물론, 어릴 적 유치원에서 소풍 갈 때 유치원 선생님이 '짝지의 손을 잘 잡으세요.'라고 했던 그런 경우는 빼고.

대학로의 길을 함께 거닐다 보니 준서가 가끔 즐겨 먹는 수제 햄버거집이 눈에 띄었다. 준서는 반가운 마음에 윤지에게,

"우리 오늘 수제버거 먹을까?"

하고 물어보았다. 윤지의 대답은,

"콜!"

건물 안 2층 수제버거 집으로 올라갔다. 문을 열고 들어가 종업원의 안내에 따라 창가 쪽 자리에 둘은 마주 보고 앉았다.

준서는 웃으면서 윤지를 바라보다가 순간 '헉!' 하는 소리를 내며 경악을 금치 못했다. 준서와 윤지가 앉은 테이블 바로 뒤쪽 테이블에 아침에 보았던 짐승남 헬스클럽의 트레이너가 앉아 있는 게 아닌가?

준서와 트레이너의 눈이 딱 마주쳤다. 그쪽도 순간 놀라는 듯하더니 이내 근육질의 몸을 일으켜 세워 준서 쪽으로 걸어왔다.

"윤지야! 큰일 났어. 저쪽에…."

윤지가 고개를 옆으로 돌렸고 그녀 역시 헬스 트레이너와 눈이 마주쳤다. 윤지도 적잖이 당황하는 눈치였다. 어느새 트레이너는 이들의 자리까지 왔다. 그러더니 윤지 쪽은 보지도 않은 채 준서를 향해 입을 열었다.

"어이! 약골남!"

"네네~"

준서는 또다시 위축되기 시작했다. 그런데 갑자기 트레이너는 준서 쪽으로 오른손을 펼쳐서 내밀었다.

"아까 아침에는 미안했다. 나도 원래 그렇게 나쁜 놈은 아니야. 솔직히 나쁜 건 이 여자지." 하면서 윤지를 슬쩍 보았다. 사실 일이 이쯤 되면 보통 남자보다는 여자가 더 용감해지는 법이다. 윤지는 트레이너를 쏘아보며 코웃음을 쳤다.

"흥! 네가 매력이 없는 게 잘못이지, 그게 어떻게 내가 나쁜 게 되냐?!"

트레이너는 이 얘기에는 반응도 보이지 않은 채, 준서를 바라보고 있었다. 준서는 트레이너가 내민 손을 잡으며 그의 사과의 악수를 받았다.

"하, 하, 하."

끊어질 듯 이어지는 어색한 웃음을 하던 준서는 뒤이어 대답했다.

"뭐 그럴 수도 있죠. 남자들이란 다 그러면서 친해지고 하는 거죠. 하하하."

트레이너도 준서의 말이 듣기 좋았나 보다.

"그러니까, 근데 너 운동 좀 해야겠더라. 그래가지고 네 여자를 지킬 수 있겠냐?"

"하하하, 그, 그렇죠. 근데 우리 트레이너님은 윤지랑 서로 말을 놓는 것으로 보아 우리랑 동갑이신가요?"

"아, 맞아. 윤지랑 동갑이니까. 너도 나한테 말 편하게 해."

"하하하, 네 그럼 이제부터 편하게 할게요."

"'요'자 빼라니까."

"그, 그럼~요. 뺄 거야~요."

준서는 아직도 습관처럼 '요'자가 따라붙었다.

"이담에 짐승남 헬스클럽에 와. 내가 너를 진정한 상남자로 만들어 줄 테니까."

"어, 그, 그래. 조만간 한 번 가볼게."

준서도 어느 정도 자기의 위치를 찾고 있었다. 트레이너는 준서의 어깨를 가볍게 툭 치면서 마지막 한마디를 남겼다.

"잘 해봐라! 좋은 면도 많은 애니까."

그리고는 트레이너는 몸을 돌려 자기의 자리로 돌아갔다. 짐승남 헬스클럽 트레이너와 함께 온 친구들도 다들 운동을 하는 사람들인지 이 상황을 보고 있던 트레이너 자리 쪽의 사람들은 모두 몸이 좋아 보였다.

트레이너가 했던 마지막 한 마디 '좋은 면도 많은 애니까.'는 윤지를 놓고 이야기를 한 것 같은데 그가 던지고 간 이 말에 윤지의 얼굴에는 미안해하는 듯한 표정이 잠시나마 스쳐 지나갔다. 둘은 메뉴를 시키고 나오기를 기다리고 있었는데 그동안 준서는 시선 처리가 좀 불편하였다.

윤지는 어차피 등 돌린 자리였으므로 트레이너가 눈에 띄지는 않았지만, 준서 쪽 자리는 트레이너와 계속 눈이 마주치는 위치였기 때문이다. 준서와 윤지가 시킨 음식이 나올 때쯤 트레이너 그룹은 자리에서 일어나 계산을 하고 밖으로 나갔다. 준서는 한결 편안해졌다.

이에 윤지에게 분위기도 바꿀 겸 농담처럼 한마디 했다.

"야, 넌 저런 애가 어디가 좋다고 사귀었냐? 크크."

"아, 몰라! 그냥 먹기나 해~!"

여기까지였다면 그럭저럭 분위기를 씻어내고 다른 이야기로 넘어갈 수 있었을 것이다. 하지만 모태솔로들이 흔히 범하는 실수가 있다.

그것은 자기들은 좋은 뜻에서 분위기를 잘 만들어 보겠다고 하는 농담이 듣는 쪽에서는 지나친 비아냥으로 들리기도 한다는 점이다. 이 부분의 온도 차를 적당히 잘 조절하는 것이 연애 하수와 연애 고수의 결정적 차이점이다. 준서는 안타깝게도 아직은 연애 하수였다.

"그러니까, 몸 좋다고 막 사귀면 안 된다니까~"

순간 분위기가 얼음장같이 차가워졌다. 준서는 '아차!' 싶었으나 이미 뱉은 말은 돌이킬 수 없는 법. 윤지는 "나 갈래!"하는 한 마디를 남긴 채 자리에서 일어나 밖으로 나가버렸다. 준서는 따라 나가야 하는 건지 그냥 있어야 하는 건지 순간 혼란스러웠다. 그러다 이내 얼른 뒤따라 나갔다.

"윤지야!"

크게 외쳤으나 윤지는 저만치 앞서 걷고 있었다. 준서는 뒤따라가며 계속 이야기를 했다.

"어휴~, 그게 아니라, 난 정말 다른 뜻이 없다니깐. 그냥 아까 뜻하지 않게 트레이너를 보다 보니까 순간 당황스러워서…"

윤지는 성큼성큼 앞서 걸어갔다. 준서도 뒤쫓으며 말을 이었다.

"그리고 솔직히 오늘 아침에도 그렇고 방금도 그렇고 괜히 트레이너 앞에서 내가 너무 쫄아버린 모습을 네게 보여 준 것이 민망하기도 하고…

그리고 또 어쨌든 밥 먹으러 온 건데 기분 좋게 먹자는 뜻에서 너를 웃겨 보려고 한 게 어떻게 말이 잘못 나와서 뜻하지 않게 그런 분위기가 된 거야. 절대 다른 뜻 가지고 한 이야기 아니니까 오해 좀 풀어!"

앞서가던 윤지가 걸음을 멈추었다. 동성고등학교 앞 횡단보도가 있는 쪽이었다. 윤지는 붉어진 눈으로 준서를 바라봤다. 그리고 입을 열었다.

"바보야! 내가 무슨 개를 몸 좋다고 사귀었겠니?"

"당연히 아니지. 그냥 농담이었다니까."

"그리고 나 운동 많이 해서 몸이 너무 좋은 남자 별로 좋아하지도 않아. 솔직히 그런 애들 부담스러워해, 여자들이 보통."

"그럼 그럼."

약골 준서로서는 윤지의 이런 말에 괜히 으쓱해졌다. 하여간 남자들이란 자신에게 유리하게 해석될 수 있는 여자의 한 마디에 현실을 떠나서 그저 우쭐해지는 그런 구석이 있다. 준서는 윤지의 손을 꼭 잡았다. 그리고 진심을 담아 이야기했다.

"미안해, 윤지야. 정말 다른 뜻 없었어. 난 순전히 어색한 분위기를 바꾸려고 했던 거뿐이야, 정말."

윤지도 이내 화가 풀린 듯했다. 그리고 둘은 손을 잡고 말없이 잠시 걸었다. 동성고등학교 쪽 코너를 돌아 조금 더 걸으며 혜화동 성당 옆길을 지나칠 때쯤 윤지가 말했다.

"내가 그 트레이너랑 사귀었던 건 다른 이유가 있어."

준서는 잠자코 듣고 있었다.

"내가 하루는 학교 도서관에서 좀 늦게까지 있다가 집으로 가려고 학교 바깥을 나설 때쯤 교복을 입은 채 몰려다니고 있던 웬 날라리 고딩들 다섯이서 나를 둘러싸고 치근덕거리잖아. 그때 얼마나 무서웠는데. 그 순간에 나를 구해준 사람이 그 트레이너야."

준서는 괜히 더 미안함을 느꼈다. 윤지는 하던 말을 계속했다.

"그래서 고마운 마음에 짐승남 헬스클럽에 다녔던 거고 그렇게 거기서 운동을 하다 보니까 약간 썸을 타다가 한 번 사귀어보기로 했던 거지. 그런데 하필 사귀기로 한 지 얼마 지나지 않아 너를 보게 된 거고…"

준서는 순간 마음 한 구석이 찡하게 울리는 느낌을 받았다. 이제껏 소심한 마음에 한 번도 여자에게 제대로 고백을 하지 못해 모태솔로 인생을 살아온 준서로서도 여기에서조차 아무 말도 하지 못한 채 그냥 지나간다면 자신은 그야말로 소심함을 넘어 그냥 병신 쪼다일 뿐이라는 생각이 들었다. 준서는 걸음을 멈추고 윤지를 바라봤다.

"윤지야~!"

이렇게 말한 준서는 갑자기 어디서 그런 용기가 나왔는지 윤지를 와락 끌어안았다.

"미안해, 내가 잘못했어. 아마, 그냥, 질투했던 거 같아. 네가 사귀었다는 사람이라고 하니까."

윤지 역시 아까 받았던 마음의 상처가 완전히 아무는 것 같았다. 남녀 간의 문제라는 것이 때로는 숨김없이 솔직하게 털어놓을 때 오히려 쉽게 해결되는 경우도 있다는 것을 부디 잊지 말기를…. 그리고 그 과정에서 더욱 깊은 사랑의 경지로 도달하게 된다는 것도 함께 기억하기를…. 지금 준서는 처음으로 이런 감정을 경험하고 있다.

버스 정류장에서 윤지와 헤어진 후 집으로 돌아온 준서의 마음은 가볍기 그지없었다. 그에게 있어 오늘 하루는 참으로 스펙터클한 시간이었다.

아침에 액션 활극으로 시작해서 대학로 오라클을 만나는 독특한 경험, 그리고 로맨틱한 첫사랑의 시작으로 마무리되는 그런 날이 어디 또 있으랴.

준서는 집 안으로 들어가자마자 샤워를 하고 자기 방 의자에 기대어 앉아 리모트 컨트롤러를 들고 오디오를 겨냥해 PLAY 버튼을 꾹 눌렀다.

안에 들어 있던 CD가 돌아가며 준서가 평소 즐겨 듣던 이소라의 '바람이 분다'라는 노래가 흘러나왔다. 참으로 달콤한 발라드 곡이다. 준서는 눈을 감고 음악을 감상하고 있었다. 그러다 번쩍 눈을 뜨고 외쳤다.

"아! 맞다!"

준서는 그제야 오라클이 자신에게 노란 봉투 속에 어떤 메시지를 담아 주었다는 사실이 생각났다. 준서는 그 봉투를 넣어뒀던 책가방을 다시 열어 주섬주섬 찾기 시작했다.

'분명, 여기쯤…'

오른손을 가방에 넣어 가방 속 카오스의 세상을 휘휘 휘저어 드디어 노란 봉투를 찾았다.

"찾았다!"

이렇게 외치며 기대하는 마음으로 봉투를 열어 종이를 펼쳤다. 그런데 새하얀 종이에는 아무것도 적혀 있지 않았다.

"뭐야, 아무것도 없잖아?"

그 순간 오라클이 어두울 때 종이를 봐야 한다고 했던 말이 떠올랐다.

"어두울 때라, 분명 밤이니까 밖은 어둡고. 아! 그렇군."

준서는 종이를 책상 위에 올려놓고 형광등 버튼이 있는 방문 옆으로 갔다. 그리고 그 버튼을 꾹 눌렀다. 사방이 어두워졌다. 준서는 책상 쪽으로 눈을 돌렸다.

그때였다. 준서는 깜짝 놀라지 않을 수 없었다. 분명 아무것도 적혀있지 않던 종이에서 무언가 형광색을 띠며 반짝거리기 시작했다. 얼른 그곳으로 달려가 반짝이는 글자를 읽어 보았다. 그곳에는 이러한 두 글자가 적혀 있었다.

'신뢰信賴'

준서가 멍하니 그 글자를 바라보고 있는데 이내 희미해지더니 눈앞에서 빛나던 두 글자는 점점 사라져 버렸다. 준서는 다시 문쪽으로 가서 형광등을 켰다가 끄기를 세 번이나 반복했다.

그러나 이제는 더 이상 메시지가 나타나지 않았다. 그저 그냥 평범한 종이일 뿐이었다. 오라클, 정말 뭐하는 사람인지 진짜 궁금하다.

오라클이 준서에게 전해준 운명을 바꾸는 키워드는 '신뢰'라는 단어였다. 신뢰라는 것은 믿고 의지한다는 뜻이다. 결국, 자신의 운명을 바꾸는 것은 사람들에게 신뢰받는 사람이 되어야 하고 더불어 다른 사람을 신뢰할 줄 알아야 한다는 것을 뜻하는 것 같았다.

준서는 오라클이 전해준 이 두 글자를 가슴 깊이 새겼다. 준서에게 있어서 오늘 하루는 다른 어떤 날보다 값진 날임이 틀림없다. 준서의 두 귀에는 이소라의 '바람이 분다'라는 노래의 클라이

맥스 부분이 들려오고 있었다.

세상은 어제와 같고 시간은 흐르고 있고
나만 혼자 이렇게 달라져 있다
내게는 천금 같았던 추억이 담겨져 있던
머리 위로 바람이 분다

준서는 리모트 컨트롤러의 버튼을 눌러 이 노래를 처음부터 다시 듣기 시작했다. 그리고 다시 의자에 앉아 눈을 감았다. 그는 천천히 오늘 있었던 일을 되새겨 보았다.

'대학로의 오라클은 나를 태양이라고 불렀다. 황금빛의 노란 태양. 부자가 될 운을 타고난 태양. 그러나 마음이 여리고 착해, 나만을 위해 비추는 것이 아니라 세상을 비추는 만인의 태양.

윤지와 함께 부산에 갔다 오는 열차 안에서 꾼 꿈속에서도 나는 떨어져 있던 태양을 하늘에 걸어 놓지 않았던가? 그런데 어떻게 윤지와 나는 같은 꿈을 꾸었던 것일까? 물론, 마지막은 좀 다르긴 했지만….

오라클은 윤지에게 바람이라고 불렀다. 그 바람이 차츰 나에게 불어오고 있다. 오라클의 심부름으로 윤지가 편의점으로 갔을 때 오라클은 바람의 소리를 듣는 방법을 알려 주었다. 바람의 진짜 이야기를 듣고 싶다면 그것은 귀로 듣는 것이 아니라 코끝으로 전해오는 바람의 향기를 느껴야 한다고.

윤지를 안았을 때 코끝에 전해오던 윤지의 향기를 떠올려 보았다. 그래, 윤지는 나를 조금씩 사랑하고 있음이 틀림없다.

아, 나에게 윤지의 바람이 불어오고 있다. 나는 따뜻한 햇볕으로 윤지를 포근히 비춰주어야 하리라. 영원히!'

그믐의 일

13

민 교수님

준서는 금요일에 수업이 하나밖에 없었다. 아침에 일찍 허명회 교수님의 명강의 '탐색적 데이터 분석' 수업을 들은 준서는 정경관 로비를 지나 건물 밖으로 나왔다. 그때 한 노년의 신사가 눈에 들어왔다. 눈이 마주치는 순간 그 어르신이 준서를 불렀다.

"이봐, 자네 잠깐 뭐 좀 물어봐도 되겠나?"

"아~! 네~!"

준서는 노신사가 있는 쪽으로 가볍게 뛰어갔다.

"내가 오랜만에 모교를 찾아서 그런데 여기 얼마 전에 지어졌다는 백 주년 기념관이 어딘가?"

"아~, 거기 좀 먼데, 제가 그곳까지 바래다 드릴게요."

준서는 노신사를 직접 백 주년 기념관까지 안내해주기로 했다.

"모교라고 하셨는데 그럼 어르신께서는 우리 학교 선배님 되십니까?"

"하하하, 그렇다네. 내가 자네 선배 되지. 사실은 말일세, 내가 여기서 교수로 재직도 했어. 그런데 어떤 사연으로 인해 이곳에서 강의를 더 이상 하지 못하게 되어 다른 학교에서 강의하게 됐지."

"어떤 사연이라면…"

"허허허, 그거 다 옛날얘기야. 뭐, 정치적으로 혼란스럽던 시절의 이야기니까 이제 별로 중요하지도 않아. 참, 자네는 무엇을 전공하나?"

"저는 통계학을 전공하고 있습니다."

"오~, 좋은 학문 하는구먼. 그럼 나중에 무슨 일을 하고 싶은가?"

준서는 오늘 처음 본 노신사의 부드럽고도 경쾌한 목소리가 참 듣기 좋다고 생각했다.

"예, 아마 금융권으로 진출하지 않을까 하는 생각을 요새 들어 부쩍 많이 하고 있습니다."

"아~ 그래?! 허허허!"

준서와 노신사는 함께 백 주년 기념관을 향하여 걸어가고 있었다. 이때 노신사가 이야기했다.

"자네 이름은 뭔가?"

"민준서입니다."

"그래? 허허, 나도 민가인데."

"아~ 그럼 민 교수님이 되십니까?"

"그렇지. 난 영문과 교수야. 자네가 금융권으로 간다고 하니 내가 자네에게 해주고 싶은 이야기가 딱 떠오르는구먼."

준서는 영문과 교수님이 어떤 이야기를 해줄지 궁금해졌다.

"네, 민 교수님. 꼭 듣고 싶습니다."

"허허, 그럼 금융권에 진출할 생각이 있다고 하니까 그런 자네에게 한 가지 이야기를 해주지."

몇 발자국 더 걷다가 노신사는 말을 이었다.

"영국의 동물 생태학자 리츠 박사가 쓴 책에 나오는 이야기라네. 코코넛 껍데기에 원숭이의 손이 간신히 들어갈 수 있는 구멍을 뚫은 뒤 그 속은 긁어내고 말뚝에 고정하지.

그리고 그 코코넛 안에 쌀을 조금 넣어두는 거야. 그러면 원숭이는 얼른 다가와 그 안의 쌀을 한 움큼 집는데 구멍이 작다 보니 도무지 쌀을 집은 채로 손을 뺄 수가 없는 거야.

이때, 사람이 나타나면 원숭이는 매우 당황하면서도 결국 쌀을 포기하지 못해 코코넛 안에 손을 넣은 채 사람에게 산 채로 잡히고 말지. 원숭이는 버려야 할 것을 제때 버리지 못했기 때문에 그렇게 된 거야."

준서는 노신사의 짧은 이야기 속에서 큰 깨달음을 느낄 수 있었다. 어느덧 두 사람은 백 주년 기념관 앞에 다다랐다.

"여기가 백 주년 기념관입니다, 교수님."

"허허허, 그래. 고맙네."

경쾌하게 웃으며 노신사는 백 주년 기념관 안으로 들어갔다. 그의 들어가는 뒷모습을 바라보면서 준서는 나직이 속삭였다.

"제가 감사합니다. 민 교수님~"

이때, 준서의 핸드폰이 울렸다. 그의 여자친구 윤지였다. 오늘은 윤지도 아침 수업밖에 없는 관계로 즐거운 데이트를 하기로 이미 약속을 잡아둔 터였다. 준서는 윤지를 보기 위해 경영관 쪽으로 걸어갔다.

"나 지금 그쪽으로 갈게."

14
추억 발라드

　지금은 어느덧 어둑해진 밤이다. 준서는 오늘 윤지를 집 앞까지 바래다주고는 이제 막 버스를 타고 집으로 가고 있다. 버스에 앉아 오늘 윤지와 있었던 데이트를 다시 생각해보았다. 그런 대로 성공적인 데이트라고 생각된다.

　우선, 경영관에서 만난 둘은 학교를 떠나 지하철을 이용해 시청역에서 내린 뒤 덕수궁 돌담길을 따라 서울시립미술관으로 갔다. 그곳에서 이런저런 미술 작품들을 관람하고는 밖으로 나와 정동극장 쪽 방향으로 난 길을 함께 걸으며 즐거운 이야기를 나누었다.

　길가 옆 커피숍에 들어가 잠깐 쉬면서 차 한 잔 한 뒤 다시 나와 햇살을 즐기며 계속 걸었다. 큰길과 만나는 지점에서 오른쪽으로 꺾어서 거인이 망치질하는 모양의 동상이 서 있는 흥국생명 빌딩 건물 지하로 내려가 예술영화를 주로 상영해주는 영화관 씨

네큐브에서 영화를 한 편 골라 보았다.

그들이 고른 영화는 오스카 와일드의 동화를 영화로 만든 '행복한 왕자'였다. 어릴적 동화로 보았던 내용이었지만 막상 영상으로 다시 보니까 감회가 새로웠다.

도시 한가운데 왕자의 동상이 있고 이 동상은 온갖 귀한 보석들로 만들어져 있다. 그리고 제비 한 마리가 따뜻한 남쪽 나라로 가기 위해 지나가다가 이 동상 아래에서 쉬게 되는데 그러면서 왕자와 이야기를 나눈다. 왕자는 자신이 동상이 되어 세상을 바라보니 어려운 사람이 곳곳에 너무 많아서 항상 눈물이 흐른다고 제비에게 이야기한다. 그러면서 왕자는 제비에게 부탁한다.

"제비야, 병든 아들을 간호하는 저기 가난한 어머니에게 나의 칼자루에 박힌 루비를 뽑아서 전해주렴."

"제비야, 내 눈에 박힌 사파이어를 빼다가 굶주린 예술가에게 갖다 주렴."

"제비야, 다른 쪽 눈에 박힌 사파이어를 성냥팔이 소녀에게 가져다주렴."

"제비야, 내 몸의 엷은 금을 벗겨다가 불쌍한 이들에게 전해주렴."

결국, 제비는 왕자의 심부름을 하느라 따뜻한 남쪽 나라로 가지 못하고 왕자의 동상 아래에서 죽고 만다. 그 순간 납으로 만들어진 왕자의 심장이 쨍그랑 소리를 내며 죽은 제비 위로 떨어졌다. 이때 하늘에서 천사가 내려와 제비와 왕자의 납 심장을 가지고 하늘나라로 올라갔다.

영화가 끝나고 준서는 윤지의 얼굴을 보았다. 윤지의 두 눈에 반짝이는 눈물이 살짝 맺혀있는 듯했다. 준서는 이 영화가 주는 메시지를 잊지 말아야겠다고 생각했다. 특히, 자신이 정말로 금융권에서 일하게 된다면 더더욱 이런 교훈은 반드시 기억하고 있어야 할 것만 같은 예감이 들었다.

준서와 윤지는 영화관에서 나와 광화문 쪽으로 걸어갔다. 감동적인 영화를 보아서 그런지 둘의 대화는 더욱 즐거웠고 발걸음은 날아갈 듯 가벼웠다. 어느덧 저녁이 가까웠다. 광화문역과 가까운 파이낸스 센터로 간 두 사람은 지하 1층에 있는 '샤이바나'에 가서 전통 미국식 '자이언트 미트볼 스파게티'와 '애플 폭찹 스테이크'를 맥주와 곁들여 먹었다.

기분도 좋고 배도 부르고, 둘은 다시 밖으로 나와 종로 쪽으로 걸었다. 종각역 즈음하여 길을 꺾어서 인사동 쪽으로 가 쌈지길을 구경했다.

그곳에서 준서는 윤지에게 전통 지갑을 하나 사주었다. 윤지의 웃는 얼굴을 보니 준서도 기분이 좋았다. 그때, 갑자기 비가 내리기 시작했다.

"어머! 비 오네."

윤지가 걱정스레 말했다. 준서는 복학생답게 가방에서 작은 우산을 꺼냈다. 남자 대학생들의 재미있는 특징 중의 하나가 군대를 갔다 와 복학생이 되면 십중팔구 가방 속에 물이 담긴 플라스틱 물통과 작은 우산을 항상 가지고 다닌다는 것이다.

윤지는 웃으며 준서가 펼친 우산 속으로 들어왔다. 그렇게 비가 오는 인사동 길을 걷다가 풍문여고가 마주 보이는 '별다방 미스리'라는 가게로 들어가 그곳에서 조각 케이크와 따뜻한 커피를 한 잔씩 즐겼다.

그리고 풍문여고 쪽으로 건너가 버스 정류장에서 버스를 타고 윤지가 사는 아파트 앞에서 내려 집 앞까지 바래다준 뒤 내일 윤지가 만든 투자 동아리 L&N 멤버들이 모이는 장소인 경영본관 3층에서 보자는 약속을 했다. 가벼운 굿나잇 입맞춤을 나누고 그렇게 준서는 버스를 타고 집으로 오는 중이었다.

준서는 오늘 하루 일들을 돌이켜보며 내심 뿌듯하였다. 입가에는 자기도 모르게 미소가 번졌다. 뭔가 기억 속에서 잊히지 않을 것만 같은 아름다운 그런 날이었다. 그리고 이내 피곤을 느낀 준서는 버스 의자에서 꾸벅꾸벅 졸기 시작했다.

토
요
일

15

L&N

준서는 여느 때의 토요일처럼 늦잠을 자고 점심때쯤이 되어서야 일어났다. 어차피 모임은 오후에 있을 예정이다.

준서는 자신에게 일어난 지난 한 주일간의 기억을 하나씩 떠올렸다. 윤지와의 우연한 만남 덕에 신기한 경험을 많이 했던 5일간이었다.

부엌으로 가서 냉장고 문을 열고 시원한 콜라를 한 잔 마신 뒤 그제야 세수와 양치질을 하고 머리를 빗고 느긋한 동작으로 옷을 골라 입었다.

시간은 아직 많이 남았다. 윤지에게 전화해볼까 했지만, 그냥 경영본관 3층 강덕창 교수님 연구실에서 멤버들과 함께 보는 것이 더 좋을 것 같아서 들었던 핸드폰을 다시 놓았다.

막상, 멤버들을 만난다고 생각하니 조금은 긴장되기도 하였다. 어떤 친구들일지 벌써부터 궁금해졌다. 적당히 옷을 맞춰 입었다고 생각한 준서는 집을 나와 학교로 향했다.

조금 일찍 학교에 도착한 준서는 중앙광장 지하에 있는 커피숍에서 아메리카노를 한 잔 마셨다. 커피를 마시며 혼자서 책도 보고 하다가 좀 심심해진 준서는 윤지에게 전화를 걸었다. 신호음이 한참 울리는 듯하더니 이내 전화를 받을 수 없어 메시지를 남기라는 기계음이 나왔다.

'안 받네. 오는 중인가?'

준서는 커피 그리고 책과 함께 좀 더 시간을 보냈다. 그리고 얼마 후 다시 윤지에게 전화를 걸었다. 하지만 이번에도 윤지는 받지 않았다.

'그냥, 처음 생각했던 대로 거기 가서 만나지, 뭐~!'

이렇게 생각한 준서는 어느 정도 시간이 흐른 것을 확인한 뒤 자리에서 일어나 경영본관 3층 강 교수님의 연구실로 향했다.

연구실의 문을 열고 들어간 준서의 눈에는 낯선 얼굴들이 보였다. 윤지는 아직 안 온 듯했다.

"저기, 안녕하세요. 저는 오늘부터 이 모임에 함께 하게 된 민준서라고 합니다."

"아, 준서 오빠세요? 언니에게 들었어요."

한 여학생이 반가이 인사를 하며 들어오라는 손짓을 했다.

준서는 할 말도 없고 해서 자기도 이미 알고 있는 뻔한 질문을 던졌다.

"윤지는 아직 안 왔나 봐요?"

"그러니깐요, 보통은 언니가 가장 일찍 오는데."

이번에는 다른 여학생이 대답하였다. 그리고 약간의 침묵의 시간이 흐른 뒤 한 남학생이 말했다.

"우리 새 멤버도 왔는데, 일단 우리끼리 통성명 할까요?"

그리고 멤버들은 서로 자기소개를 했다.

이희진(경제학과 2학년 / 여자), 윤태구(국문과 2학년 / 남자), 하승현(통계학과 1학년 / 남자), 최영훈(경영학과 2학년 / 남자), 윤은영(정외과 2학년 / 여자), 김성희(심리학과 1학년 / 여자)

준서와 윤지는 3학년이니까 멤버들 중에서는 가장 연장자였다. 좀 건방져 보이는 외모를 가진 통계학과 1학년 승현은 아직 군대를 갔다 오지 않은 신입생으로서 준서의 까마득한 후배였다.

준서도 이들에게 자기소개를 했다. 거기다 편입생이라 학교에서 친구가 많은 편이 아니니 앞으로 아는 척 많이 해달라는 농담 섞인 부탁도 잊지 않았다. 모두 함께 웃으며 화기애애한 분위기였다.

대화의 시간이 길어지면서 젊은 사람들의 모임이니만치 서로 빠르게 가까워졌고 말도 어느 정도 편하게 하는 사이로 변해가고 있었다. 가장 막내인 승현이가 준서에게 갑자기 말을 걸어왔다.

"제가 잠깐 선배의 IQ 테스트 좀 해도 될까요?"

"응? IQ 테스트?"

준서는 약간 당황하였다.

"예, 우리 모임은 아무나 못 들어오거든요. 흐흐흐."

승현의 음흉한 웃음에 준서는 뭔가 꺼림칙했으나 그래도 여기서 약한 모습을 보일 수 없다는 생각에 아무렇지도 않은 듯 말했다.

"오~, 좋아, 문제 내봐."

"그럼, 잘 들으세요, 선배. 선배는 지금 어두운 한밤중 폭풍우를 뚫고 자동차를 몰고 가고 있어요. 그러다 버스정류장을 지나치게 되었는데 그곳에는 버스를 기다리는 사람들이 3명 있었어요.

한 명은 곧 죽을 것처럼 보이는 할머니.

다른 한 명은 과거에 선배의 목숨을 구해준 적이 있는 베스트 프랜드.

그리고 마지막 한 명은 김태희보다도 더 예쁜 선배의 이상형.

그런데 선배의 차가 고물이라서 이 중에서 딱 한 명만 태울 수 있어요. 어떻게 하시겠어요?"

준서는 쉽게 답을 할 수 없었다. 할머니를 구하자니 친구에게 미안하고 친구를 태우자니 이상형이 아쉽고 아무튼 누구를 선택해야 할지 몰라 머리가 지끈지끈 아파지던 찰나 누군가의 얼굴이 떠올랐다.

"아! 맞다!"

이렇게 외치며 손뼉을 쳤다. 그리고는 "나 잠깐 화장실 좀 다녀올게."라고 말하고는 연구실을 나와 복도 끝으로 간 뒤 얼른 IQ 170을 넘어가는 영준이 형에게 전화를 걸었다.

"형! 나 준선데…"

"아놔~! 나 오늘 주말이라 데이트 중인데, 왜 또?!"

"있잖아…"

준서는 영준에게 승현이가 낸 문제를 이야기해 주었다.

"후후훗."

영준의 여유 넘치는 웃음이 전화기 너머로 들려왔다.

"그건 두 가지 방법이 있어. 첫 번째 방법은 똑똑하면서도 정상인이 생각해낼 만한 방법. 두 번째 방법은 똑똑하지만, 사이코패스가 생각해낼 만한 방법. 어떤 거로 가르쳐 줄까?"

너무 시간을 끌면 다른 사람에게 물어본다는 것이 들통이 날 것 같아 초조한 준서는 얼른 "첫 번째~!"라고 외쳤다. 그리고 영준에게 답을 듣고는 연구실로 돌아와 여유 넘치는 미소를 보이며 말했다.

"후훗~! 그럼 내가 정답을 말하지. 나 같으면 그 상황에서 자동차 열쇠를 친구에게 주고 죽어가는 할머니를 병원으로 모셔가라고 이야기를 하겠어. 그리고 나는 그 자리에 이상형의 여인과 함께 남아서 언제 올지 모를 버스를 기다리는 거지. 그녀에게 이런 저런 작업을 걸면서."

"오~!"

다들 놀라는 눈치였다. 승현이 웃으며 말했다.

"형, 외모와 달리 똑똑하시네요. 헤헤."

"뭐?! 외모랑 부합하지, 다를 게 뭐 있어?!"

윤지가 오지를 않아서 일단 멤버들은 모인 사람들만이라도 그 날 해야 할 것들을 하기로 했다. 서로 투자 전략에 대해서 발표와 토론을 하고 그동안의 투자 성과를 분석하기도 하는 등 어느새 어둑어둑한 밤이 되어갔다. 그리고 신입 멤버 환영회를 준비했다 면서 학교 앞 호프집 '버블'로 자리를 옮겼다.

준서는 윤지가 오지도 않고 연락도 되지 않는 것이 좀 찜찜하기 는 했으나 그렇다고 갑자기 무슨 큰일이 생길 리도 없고 게다가 팀원들이 얼른 술 마시러 가자고 재촉해서 이래저래 함께 술자리 로 가게 되었다. 더구나 신입 회원 환영회인데 신입 회원이 빠질 수도 없는 노릇이었다.

술자리는 어느덧 무르익었다. 멤버들은 하나둘 술에 취해 제정 신이 아닌 상태로 변해가기 시작했다. 그러나 젊은 시절의 술자리 가 그렇듯 그런 순간 하나하나가 그저 웃음이 나오는 즐거운 시간이었다. 준서는 멤버들을 향해 물었다.

"애들아. 근데 말이야, 아까 승현이가 낸 문제의 정답 말이야, 사이코패스 버전도 있는데 너희 그거 아냐?"

모두 모르겠다는 표정이었다. 준서는 약간 혀가 꼬인 발음으로 이야기했다.

"잠깐만 기다려봐, 나 화장실 좀 다녀오고."

그렇게 일어나 화장실에 들어간 뒤 영준에게 다시 전화를 걸어 사이코패스 버전의 답은 어떻게 되는지 얼른 물어보았다. 그리고 자리로 돌아와 앉았다.

"애들아, 잘 들어."

"네~"

몇몇이 소리 내어 호응했다.

"아까 그 문제에서 만약 운전자가 사이코패스였다면 말이지. 그는 일단 할머니를 치어 죽을락말락 하던 고통을 끝내준 뒤 이상형의 여자를 차에 태워 그녀가 원하든 말든 뜨거운 사랑을 나누고 그리고는 다시 내리게 한 뒤 생명의 은인이었던 친구를 태우고는 차를 몰고 시내로 가서 시원하게 맥주 한 잔 하는 거지."

맨정신에 들으면 지극히 사이코패스적인 말임이 틀림없다. 그러나 다들 술에 취해 제정신이 아니다 보니 입을 모아 크게 외쳤다.

"브라보~!"

"형~ 진짜 사이코패스 같네요, 크크크."

영훈이 말했다.

"근데 어쨌든 기발하긴 기발하네요."

태구가 말했다.

준서는 괜히 으쓱하였다. 마치 두 가지 답 모두 자기가 창조해 낸 것인 양 그렇게 느껴졌다. 그러다가 문득 영준이 형도 대학로 오라클만큼이나 뭔가 신기한 사람인 것 같다는 생각이 들었다.

그래서 아마도 오라클이 영준을 향해 광대라고 불렀나 보다. 술자리는 무르익고 밤은 더욱 깊어가고 그들은 점점 술에 취해만 갔다.

16

윤지의 낮잠

시간을 다시 토요일 오후로 되돌리자. 지금 윤지는 누워있다. 몸을 일으켜 세우려 했으나 그럴 수가 없었다. 몸이 납덩이처럼 무거웠기 때문이다.

'이상하다? 이렇게 피곤했던 적이 없는데? 도저히 일어날 수가 없어. 눈도 뜨지 못하겠고.'

윤지는 다시 몸을 일으키려 했으나 뜻대로 되지 않았다.

'어떡하지? 준서가 기다릴 텐데. 조원들에게 소개도 해줘야 하고 또, 지난번에 했던 투자 전략 분석한 것도 발표해야 하는데…'

윤지는 계속 피곤함만 느낄 뿐이었다.

'아, 안 되겠다. 일단 한숨 더 자고 일어나야겠다. 그동안 무리했나 봐…'

이렇게 생각한 윤지는 한없이 깊은 잠에 빠져들었다.

이룰에 이룸

17

바람의 향기

내 이름은 민준서. 나는 지금 안암동 고려대 병원 장례식장 앞에 있다. 아무리 발걸음을 재촉해도 성에 차지 않는다.

성큼성큼 병원의 유리문을 열고 들어가 아침에 희진이가 알려준 장소로 걸어가는 중이다.

희진이의 어머니는 윤지의 어머니와 잘 알고 지내는 사이였었나 보다. 그런 연유로 이 비보를 가장 먼저 우리에게 알려준 건 희진이었다.

내가 나를 정말로 용서할 수 없는 건 왜 나는 어제 더 적극적으로 그녀를 찾아보지 않았던 것인지.

윤지가 연락도 없이 늦어진다 싶을 때 만사를 제쳐놓고 그녀 집 앞까지 무조건 와 봤어야 했다. 하지만 이젠 후회해봐야 아무

안암동
펀드
매니저

210

소용이 없다.

머릿속은 혼란스럽기만 하다. 지하 1층으로 내려가는 계단은 한없이 멀게만 느껴진다. 아! 처음 그녀를 횡단보도에서 다시 만났던 그 모습이 선명하게 나의 뇌리를 스친다.

편입한 학교에서 외롭게 생활을 하던 내게, 우연히 만난 중학교 동창의 모습은 내게는 마치 사막에서 오아시스를 본 것과 같이 얼마나 큰 반가움이었던가?

게다가 나를 자신이 만든 동아리로 들어오라고 했을 때는 내심 얼마나 기뻤던가? 지난 한 주는 그녀로 인해 재미난 일들이 가득했던 그런 하루하루가 아니었던가?

그런데 지금의 나는 대체 뭐란 말인가? 좋아한다고 아니 사랑한다고 생각했던 그런 사람 하나 지켜내지 못한 채 결국 이렇게 허무하게 이 세상에서 보내야 한다는 것이 아무래도 쉽게 받아들여지지 않는다.

미안하다. 정말 미안하다. 너에게 나는 예나 지금이나 변변하게 해주는 것 하나 없는 얼마나 미약한 존재란 말인가. 미안해, 정말 미안해.

드디어 윤지가 잠들어 있는 곳에 다다랐다. 팀원들도 하나둘씩 모여들고 있다. 그녀의 영정사진을 보면서도 아무것도 믿어지지 않는다. 윤지의 어머니가 보였다. 상심하신 모습이다. 중학교 때 몇 번 뵈었던 적이 있어서 얼굴은 낯이 익다. 무어라 드릴 말씀이 없었다.

내가 할 수 있는 건 그저 손만 잡아 드릴 수 있을 뿐이었다. 윤지에게 하얀 꽃을 바친 뒤 무릎을 꿇고 그녀를 위해 기도를 했다. 내가 믿는 신을 향해 무엇인가 항의하고 호소하고 원망하고 따지고 싶었다. 그러나 나의 기도는 이 말 한 마디가 반복될 뿐이었다.

미안해. 미안해. 미안해…

눈물이 앞을 가린다. 이제 나는 어떻게 해야 좋단 말인가? 그저 아무 일도 없었던 것처럼 학교로 돌아가 새로 알게 된 조원들과 투자전략을 세우고 발표를 하고 토론을 하고 그렇게 약속된 활동을 하면 끝나는 일인가?

아니면 이 모임은 이제 없던 일로 하고 서로 뿔뿔이 흩어져 각자 자기 공부하면서 그렇게 한 학기, 한 학기 보내고 언젠가 졸업해서 사회로 나가면 될 일인가?

혼란한 머릿속을 정리하지 못한 채 조원들이 모여있는 곳으로 발걸음을 옮겼다. 조원들은 복도 한 귀퉁이에 서서 모두 눈물을 흘리고 있었다. 그들을 향해 나는 무언가 한 마디를 해야 할 것 같았다. 하지만 어떤 말을 해야 할지 몰라 기껏 한다는 얘기가

"얘들아, 일단 밖으로 나가자."

왜 나가자고 했을까? 나도 모른다. 단지 순간 내가 했던 생각은 건물 안에 있으면 바람을 느낄 수가 없다는 것이다. 일단 밖으로 나가야 코끝으로 바람을 느낄 수 있을 것이라는 생각에 그런 말을 한 것 같다.

그렇게 조원들과 나는 1층 유리문을 열고 건물 밖으로 나왔다. 우리를 향해 적당히 시원한 바람이 불어왔다. 나는 조금 앞서 나가 섰고 내 뒤로 조원들이 반원을 그리며 모여 있었다. 지금 울지 않는 사람은 아무도 없었다. 나는 희진이에게 물었다.

"어떻게 된 거래?"

희진이가 어렵게 입을 열어 설명을 해주었다. 그런 노력이 고마웠다.

"언니는 학교에 오려고 급하게 집에서 나왔대요. 그리고 큰길 앞에서 아마도 급히 길을 건너려고 한 것 같아요. 바로 그때 마주 오던 차에 치여 언니의 가벼운 몸은 공중으로 날아올랐고 하필이면 길가 보도블록 모서리에 머리부터 떨어져…"

그녀는 차마 말을 잇지 못했다. 희진이의 설명을 듣고 있는 동안 내 마음은 갈기갈기 찢어지는 것 같은 심정이었다. 아~! 과연 인간의 삶이란 이런 것이란 말인가? 이제부터 윤지와 나는 많은 것을 함께 할 수 있을 것이라고 생각했다. 나는 정말로 그녀에게 잘 대해 주리라 다짐했었다.

진심이다. 나라는 사람은 어수룩한 구석이 많긴 해도 진실된 마음으로 살고자 하는 생각만큼은 굳건히 지켜온 그런 사람이다. 그 진심의 첫 번째 대상은 바로 그녀가 되려던 참이었다. 아니! 언제부턴가 이미 그녀는 내 마음의 주인이었다. 그런데 그런 그녀가….

나는 눈을 감았다. 뒤에서 누군가의 목소리가 들려왔다. 우리 팀원 중 한 명인데 정확히 누구의 목소리인지는 모르겠다.

"이대로 그만두실 건가요?"

잠깐 정적이 흘렀다. 그러자 또 다른 목소리가 들려왔다.

"나는 계속할 거야. 이렇게 관두는 건 윤지 선배의 뜻이 아니라고 봐! 오히려 우리가 반드시 L&N을 성공하게 해서 단순한 투자 모임이 아닌 대한민국 대표 자산운용사로 만들어야 하지 않겠어? 그런 모습을 보고 싶어 하지 않겠어?"

누구의 목소리가 되었든 울음 섞인 목소리였다.

슬프다.

눈물이 난다.

나는 계속 눈을 감고 있다.

약하지만 분명히 바람이 느껴진다.

나는 코끝으로 그 바람을 들이마셨다. 마치 바람의 향기를 맡고 싶어 하는 것처럼. 시원한 공기가 내 속으로 들어와 머리에서 부터 발끝까지 스치고 지나가는 느낌이다. 가슴이 두근거리기 시작한다. 누군가 나의 심장에 무언가 이야기를 하는 것 같다.

이것이 바람의 이야기를 듣는 방법일까? 난 들었다. 분명 그녀의 이야기를 들었다. 나의 두 눈에서 눈물이 마르지는 않지만, 그녀의 목소리를 느꼈을 때 내 입가에는 미소가 번지고 있었다. 나는 조원들을 돌아다보며 말했다.

"얘들아!"

모두 나를 바라보았다. 눈물을 흘리며 동시에 미소를 짓고 있는 나의 모습이 좀 어색하게 보였을지 모를 일이다. 그러나 그런 건 중요하지 않다. 나는 이미 그녀와 언제나 대화를 나눌 수 있는 그런 경지에 오른 것이다. 나도 그녀도 외롭지 않다. 난 윤지의 이야기를 분명히 들었다. 그리고 팀원들에게 이렇게 물었다.

"너희의 생각도 그러니?"

팀원들은 모두 나의 뜬금없는 질문에 어리둥절한 표정이다.

"예?"하고 몇몇이 되물었다. 그러나 나는 바로 대답하지 않았다. 왜냐하면, 내 귀에는 지금 평소 내가 즐겨 듣던 노래를 누군가 불러주고 있기 때문이다. 분명 그녀의 목소리다.

. . .

내게는 소중했던 잠 못 이루던 날들이
너에겐 지금과 다르지 않았다
사랑은 비극이어라 그대는 내가 아니다
추억은 다르게 적힌다

나의 이별은
잘 가라는 인사도 없이 치러진다

세상은 어제와 같고 시간은 흐르고 있고
나만 혼자 이렇게 달라져 있다
내게는 천금 같았던 추억이 담겨져 있던
머리 위로 바람이 분다

. . .

<'바람이 분다' 중에서 - 이소라>

안암동
펀드
매니저

참고자료

· 민재기, 『사람의 깊이는 사랑의 깊이다』, KBS 방송칼럼.

· 민재기, 『사랑은 외투보다 추위를 더 잘 막아준다』, KBS 방송칼럼.

· 김영익, 조용준, 안유화, 임상균, 『중국발 금융위기, 어디로 갈 것인가』, 한스미디어.

· 왕양, 『환율전쟁』, 평단.

· 사이하딩, 『하락장에 대박 있다』, 사과나무.

· 리룽쉬, 『로스차일드 신화』, 시그마북스.

· 나관중, 『삼국지』, 범우사.

· 윤재수, 『대한민국 주식투자 100년사』, 길벗.

· 신한호, 『주식수학』, 지형.

· 맨큐, 『맨큐의 경제학』, 교보문고.

· 롤프 브레드니히, 『위트 상식사전』, 보누스.

· 이헌재, 『위기를 쏘다』, 중앙북스.

· 대우세계경영연구회, 『대우는 왜?』, 북스코프.

· 정주영, 『이 땅에 태어나서』, 솔.

· 한국경제신문 특별취재팀, 『김우중 비사』, 한국경제신문.

· 신장섭, 『김우중과의 대화』, 북스코프.

· 정혁준, 『경영의 신』, 다산북스.

· 팝콘유머동호회, 『유머 1번지』, 부거진.

· 이영환, 『미시경제학』, 율곡출판사.

· 영상자료: 미국을 일으킨 거인들(히스토리 다큐멘터리) / 정규재 뉴스(한국경제신문)

· 음성자료: 김우중의 재조명(석세스티브이)

· 인터넷자료: 나의 파랑새(다음카페 http://cafe.daum.net/akb2417)의 글 1997년 IMF일지
  - IMF 구제금융 사건

안암동
펀드
매니저